La passion d'une secrétaire

CAITLIN CREWS

# La passion d'une secrétaire

*Traduction française de*
VIRGINIE CANTIN

AZUR
HARLEQUIN

*Collection :* Azur

*Titre original :*
THE CHRISTMAS HE CLAIMED THE SECRETARY



**HARPERCOLLINS FRANCE**
83-85, boulevard Vincent-Auriol, 75646 PARIS CEDEX 13
Service Lectrices — Tél. : 01 45 82 47 47 - www.harlequin.fr
ISBN 978-2-2804-9359-8 — ISSN 0993-4448

Composé et édité par HarperCollins France.
Imprimé en octobre 2023 par CPI Black Print (Barcelone)
en utilisant 100% d'électricité renouvelable.
Dépôt légal : novembre 2023.

FSC www.fsc.org
MIXTE
Papier issu de sources responsables
FSC® C159065

Pour limiter l'empreinte environnementale de ses livres, HarperCollins France s'engage à n'utiliser que du papier fabriqué à partir de bois provenant de forêts gérées durablement et de manière responsable.

# 1

Ce n'était pas la première fois qu'une femme tombait aux pieds de Tiziano Accardi.

La différence notable, cette fois-ci, était que la femme en question n'avait même pas eu le loisir de l'observer avant de se jeter au sol, éblouie par sa beauté virile.

C'était nouveau – et délicieusement excitant !

D'ordinaire, Tiziano n'était pas très pressé, mais ce jour-là faisait exception. Son frère Ago – un être dépourvu d'humour et profondément ennuyeux, et qui était aussi, malheureusement, le P-DG de l'entreprise familiale –, avait exigé que Tiziano se présente à leur réunion bihebdomadaire.

S'il n'y avait eu qu'Ago, il y aurait une réunion quotidienne, mais on ne pouvait pas demander à Tiziano de venir au bureau tous les jours, alors qu'il y avait des endroits bien plus intéressants : une plage de Rio ou des Philippines, par exemple. Ou unc villc glamour, comme Milan ou Tokyo… N'importe où, en fait, où se trouvaient de jolies femmes.

Car Tiziano était un connaisseur.

Hélas ! ce jour-là il se trouvait dans cet horrible immeuble, bien malgré lui. Il s'était réveillé peu avant à Londres pour la première fois depuis des semaines, et devait travailler en collaboration avec la redoutable assistante de son frère.

Un simple appel avait suffi à le convoquer, et Tiziano n'aurait jamais décroché s'il avait vu s'afficher le numéro de son frère. Non qu'il n'appréciât pas sa fonction de directeur du marketing de l'entreprise – son titre officiel. Au contraire, non seulement il aimait ce travail, mais il était aussi – à la grande surprise de tous, apparemment, vu le nombre de fois où l'on en parlait sur un ton émerveillé et presque insultant – très doué dans ce domaine.

Une réalité qui, Tiziano le savait, rendait son frère plutôt nerveux.

Il lui aurait en effet été plus facile d'écarter son cadet si celui-ci n'était rien d'autre que le play-boy un peu stupide que les tabloïds avaient fait de lui.

Il est vrai que Tiziano prêtait le flanc à la critique et faisait trop souvent la une des tabloïds, mais il n'était qu'un homme, après tout, et donc imparfait. Il était d'ailleurs le premier à le reconnaître. Était-ce sa faute si tant de jolies femmes le trouvaient irrésistible ? Ou si on le croyait aussi stupide que les mondains avec lesquels il partageait les soirées animées qu'il affectionnait particulièrement ?

Le vrai scandale, selon Tiziano, était d'avoir participé au projet de son frère, qui avait fait de l'entreprise familiale – celle que leur grand-père avait créée en Italie et que leur père avait ensuite développée sur les marchés étrangers – la multinationale qu'elle était maintenant. Avec son propre siège social à Londres, un bâtiment tout de verre et d'acier bien différent de la sobre bâtisse florentine d'origine, envahie de glycine et de regrets.

Heureusement, il était le cadet des Accardi, pas l'aîné, et il ne partageait pas les responsabilités de l'« héritier » en titre de l'empire et de la fortune de cette illustre famille. Distrait, Tiziano n'avait pas vu la jeune femme les bras chargés de dossiers qui descendait l'escalier alors qu'il s'apprêtait à le monter, de sa démarche nonchalante. Lorsqu'elle s'effondra sur le palier dans une pluie de documents, sa main se posa à quelques centimètres de son pied… chaussé d'un mocassin cousu main par les meilleurs artisans de Rome, bien entendu.

— Je suis bien conscient de l'effet que j'ai sur les femmes, déclara Tiziano quand le dernier des documents retomba à côté d'elle, mais je dois vous avouer que c'est la première fois qu'on tente de me séduire avec une pluie de documents comptables. Quelle imagination !

N'importe quel autre jour, à n'importe quel autre moment, il aurait pu en rester là. Il aurait peut-être enjambé sans broncher les papiers et continué à pas lents vers le penthouse de son frère, situé au dernier étage de cette tour étincelante de la City. Un autre jour, il l'aurait oubliée avant d'atteindre le palier suivant.

Mais ce n'était pas un jour comme les autres. En effet, la veille, Ago avait décrété que non seulement Tiziano devait se marier, ce qui était déjà une horreur en soi, mais qu'il devait en plus épouser une jeune femme vertueuse choisie par ses soins. Tiziano connaissait la jeune femme en question. Il l'avait même rencontrée à plusieurs reprises. C'était une personne très sage et très pieuse, qui travaillait elle aussi dans les affaires, et qui se trouvait être la fille adorée d'un des meilleurs clients d'Accardi Industries.

Peut-être l'adjectif « adorée » n'était-il pas le bon. Ce

qui était indiscutable, en revanche, c'est que Victoria Cameron était la fille unique de son détestable père. Pour Tiziano, le désir de cet homme de contrôler les choix matrimoniaux de sa fille, tout en s'assurant qu'ils lui profitent, n'était rien d'autre qu'un comportement arriéré, moyenâgeux, qu'il convenait de combattre avec force.

Tiziano doutait que la pauvre Victoria ait déjà connu et fréquenté des hommes. Ou qu'elle ait passé plus de trois secondes en présence d'un prétendant sans que son père la surveille jalousement. Comme si une jeune fille élevée dans un couvent et ignorant tout du monde pouvait susciter à ce point la convoitise masculine !

C'était ridicule.

Lorsque Tiziano avait suggéré à son frère qu'Everard Cameron organise simplement une vente aux enchères pour céder la virginité de sa fille au plus offrant, Ago s'était contenté de lui jeter un regard glacial, à la fois déçu et excédé.

Cela ne changeait rien à la réalité, hélas ! Ago voulait forcer Tiziano à s'engager, ce que celui-ci ne souhaitait pas le moins du monde.

Or, chez les Accardi, on ne divorçait pas. Pourquoi diviser les biens et les avoirs, et entamer de longues et coûteuses procédures alors qu'il était assez facile pour deux époux de vivre séparément, dans des propriétés éloignées ? Ce qui signifiait, pour Tiziano, rien de moins qu'une peine d'emprisonnement à vie.

Car Tiziano aimait sa vie telle qu'elle était, et il n'était pas du tout pressé de se passer la corde au cou !

Lorsque la jeune femme se redressa, rejetant les cheveux roux qui lui tombaient devant les yeux, elle lui jeta un regard peu amène, puis retint un soupir résigné en constatant que le sol autour d'eux était jonché de dossiers.

Comme il ne faisait pas mine de bouger, elle lança :

— Je vous en prie, continuez donc à faire ce que vous faisiez. Je suis sûre que c'est plus important que d'aider une femme tombée dans l'escalier !

Peu habitué à ce ton, Tiziano mit un peu de temps à comprendre qu'elle avait tout simplement décidé de l'ignorer !

Elle se mit à rassembler tous ses papiers, à quatre pattes sur le sol, devant lui. Il n'avait jamais vu cette femme auparavant, mais il était clair au premier coup d'œil qu'elle faisait partie des innombrables employés sans visage qui travaillaient ici. Il s'agissait probablement d'une secrétaire. Les escarpins dans lesquels elle avait trébuché étaient bon marché ; leurs talons, éraflés et leurs semelles, usées. La jupe crayon qu'elle portait était d'un brun totalement passé de mode. Et, tandis qu'elle se redressait légèrement, le chemisier crème qu'elle avait glissé dans sa jupe se releva, laissant entrevoir un peu de dentelle rose. Il avait beau être un play-boy invétéré, quelque chose en elle le captivait. Peut-être la façon dont ses hanches se balançaient, comme pour l'inviter à poser les mains sur leurs courbes généreuses… Il était tentant de supposer qu'elle faisait cela délibérément, pour le séduire. Pourtant, il devinait qu'il n'en était rien. Mais ce qui l'intriguait le plus, c'était de voir à quel point elle semblait à l'aise. Et, plus surprenant encore, elle avait l'air de se moquer éperdument de se savoir observée dans cette position peu flatteuse.

C'était une impression qu'il n'avait jamais eue auparavant.

Car personne n'ignorait Tiziano Accardi. Il ne se souvenait pas d'un seul moment de sa vie où il n'avait été au centre de toutes les attentions, de la part de son entourage ou de parfaits inconnus.

Stupéfait, et curieux d'en savoir plus au sujet de cette jeune femme, il s'accroupit devant elle, la débarrassa du dossier qu'elle tenait, puis ramassa une liasse de documents qu'il glissa à l'intérieur.

— Ne vous donnez pas cette peine ! dit-elle simplement.

Ce n'était pas vraiment le remerciement auquel il s'était attendu. Agenouillée devant lui, elle lui lança un regard noir.

— Vous comprenez que je dois les mettre en ordre, n'est-ce pas ?

Elle laissa échapper un rire.

— Non, se reprit-elle, je doute fort que vous ayez la moindre idée de ce que les gens font avec les documents qui permettent à votre entreprise de fonctionner, n'est-ce pas ?

— Vous savez donc qui je suis ?

Tiziano sourit.

— C'est un soulagement. L'espace d'un instant, j'aurais juré que j'étais devenu totalement anonyme !

— Comment ne pas savoir qui vous êtes ? répliqua-t-elle avec ironie.

— Je suis ravi que vous m'ayez reconnu, dit Tiziano en détournant le regard des joues légèrement rosies de la jeune femme. Car vous savez alors sûrement qu'aussi délicieux que soit ce flirt pour moi, il n'est en aucun cas judicieux pour vous. À moins que vous ne soyez prête à risquer votre job pour avoir la chance d'aiguiser vos griffes sur un homme de ma stature !

Alors qu'il la regardait, plus fasciné qu'il ne voulait le montrer, ses yeux – d'une surprenante nuance de gris qui lui rappelait les matins d'été brumeux – s'écarquillèrent, puis se baissèrent.

Elle rougit, violemment cette fois.

Mais elle ne perdit pas ses moyens, ce qui était extraordinaire. Au lieu de cela, elle esquissa un sourire crispé.

— J'ai dû me cogner la tête en tombant, dit-elle, alors qu'ils savaient tous les deux qu'il n'en était rien. Je vous prie d'accepter mes excuses. En fait, j'ai bien besoin de ce travail. Merci de me le rappeler.

— N'en parlons plus, dit Tiziano avec un geste vague de la main. Mais dites-moi, *cara*, que faites-vous ici ?

Il baissa les yeux sur le dossier qu'il tenait à la main.

— Un peu de classement, c'est ça ?

— Oui, et aussi quelques courriers, précisa-t-elle d'un ton neutre.

— Vous êtes secrétaire ?

— En effet.

Elle se racla la gorge, et lorsqu'elle regarda à nouveau autour d'elle, elle parut plus troublée qu'avant.

— Mon manager va être contrarié que je mette tant de temps à revenir avec ces dossiers. Et il va falloir les remettre en ordre !

— Depuis combien de temps travaillez-vous ici ?

Elle posa sur lui un regard gris méfiant.

— Un an, dit-elle. Enfin... presque.

Il pencha légèrement la tête sur le côté.

— C'est étrange. Je suis certain de ne vous avoir jamais vue auparavant.

Elle sourit et ajouta d'un ton qui démentait son propos.

— Chaque instant passé ici a été un plaisir !

Tiziano éclata de rire.

— Permettez-moi d'en douter. Ce qu'ils appellent un « pool secrétariat » n'a pas l'air très agréable. Je ne pense pas que je l'apprécierais moi-même.

Sans répondre, elle commença à se redresser, mais il la devança et la prit par le coude pour l'aider.

Et il n'y avait aucune ambiguïté dans son geste, dans sa façon de la toucher. Elle aurait pu être une grand-mère, une enfant. Mais il savait très bien qu'elle n'était ni l'une ni l'autre. C'était une femme. Une jeune et jolie femme

Plus important encore, elle n'avait rien à voir avec la très ennuyeuse Victoria Cameron.

Pour autant que Tiziano puisse en juger, Victoria avait été élevée pour être, au mieux, un faire-valoir. Son père était issu d'une longue lignée d'aristocrates. Sa fille avait été modelée depuis sa naissance pour plaire au seul type d'homme qu'Everard Cameron estimait vraiment, c'est-à-dire un homme comme lui-même.

Sa fille était donc censée combler les aspirations dynastiques d'un homme en mal d'héritier. Tiziano n'avait aucun doute sur le fait que Victoria était aussi capable de gérer une armée de domestiques que de tenir une grande maison ou d'organiser des dîners mondains, bref : d'honorer son rang. Elle ferait sans doute preuve d'une efficacité irréprochable et d'une discrétion absolue, choisissant ses amis, les activités et les meilleurs pensionnats pour ses enfants, tout en élevant des corgis ou des pur-sang arabes.

Elle n'était certainement pas du genre à avoir des amants, une fois sa mission de reproduction accomplie. Elle se consacrerait à des œuvres de charité et ferait du bénévolat, montrant l'exemple du mieux qu'elle pourrait. C'était un parangon de vertu, élevée pour ne rien attendre ni exiger des hommes, tout en marquant le monde d'une empreinte discrète qui ne serait évoquée que dans son éloge funèbre.

Le simple fait de penser à lier son destin à celui d'une créature aussi irréprochable plongeait Tiziano dans une grande perplexité.

Un léger soupir le ramena à la réalité.

— Je ne vous ai pas demandé votre nom ? demanda-t-il, alors qu'il savait parfaitement qu'il ne l'avait pas fait.

La jeune femme déglutit avec peine, puis leva le menton. Ses cheveux roux étaient tellement bouclés qu'ils défiaient les pinces qu'elle avait tenté d'utiliser pour les dompter. Ses yeux gris et expressifs trahissaient un tempérament volontaire. Passionné, même.

— Annie, dit-elle avec réticence. Je m'appelle Annie Meeks, monsieur. J'en déduis que vous voulez me dénoncer.

— Vous dénoncer ? Certainement pas... Annie.

Cédant à une envie qu'il ne reconnaissait pas, il prononça de nouveau son prénom, comme pour lui-même :

— Annie...

Cette fois, lorsqu'elle rougit il sut que c'était ce mot dans sa bouche qui suscitait cette réaction. Une réaction très différente de l'attirance banale que ressentaient d'ordinaire les femmes qui croisaient son chemin. Plus personnelle, presque... intime.

Tiziano avait l'impression de ressentir quelque chose de nouveau, lui aussi. Et il était heureux que cette chose existe, car il trouvait cela très agréable.

Hélas ! Annie Meeks, femme ordinaire, secrétaire chez Accardi Industries, n'était pas une femme pour lui. Elle n'était pas une jeune aristocrate à l'éducation parfaite.

Son accent, tout comme sa tenue, trahissait une origine sociale inférieure à la sienne.

— Merci, dit Annie à voix basse.

Son regard gris sonda le sien.

— Je ne vous en voudrais pas si vous me dénoncez. Je tiens à vous assurer que j'ai le plus grand respect pour vous et pour l'entreprise...

— Vous dénoncer, mais pourquoi ? dit Tiziano avec un rire dédaigneux. Pour avoir fait tomber tout un tas de papiers ? C'est ridicule, voyons !

Il la sentit frémir légèrement, sous sa main.

Il laissa son regard se promener sur elle, se rappela le soupçon de dentelle rose, qui contrastait avec le reste de sa tenue et révélait une certaine... insolence.

Le gris de ses yeux. Le rose de ses joues. Les taches de rousseur sur son joli nez.

Elle ferait l'affaire, songea-t-il.

En fait, elle ferait même très bien l'affaire, surtout si elle avait besoin de ce job. Ou de n'importe quel job, en fait, ce qui, selon Tiziano, s'appliquait à la plupart des secrétaires et à toutes les personnes obligées de travailler pour gagner leur vie. Cela signifiait qu'elle avait un prix. Et, heureusement, il était totalement capable de le payer.

Elle aurait pu gagner bien plus d'argent que tout ce qu'elle aurait pu obtenir en classant des documents produits par les cadres moyens en costume beige qui peuplaient ces bureaux. Parce qu'il avait une idée. Le genre d'idée qui faisait de lui un génie du marketing. Sauf que, dans ce cas, ce n'était pas un produit qu'il allait mettre en avant, mais sa vie privée.

— J'ai une proposition à vous faire, dit-il.

Il vit ses yeux gris s'assombrir. Comme il aurait pu s'y

attendre de la part d'une autre femme, elle ne réagit pas de façon excessive, et ne montra aucun enthousiasme.

— Je suis honorée, dit-elle simplement.

Elle se montrait seulement polie, c'était évident. Elle se redressa, puis un sourire apparut sur ses lèvres, qui n'atteignit pas son regard inquiet.

— Je regrette, mais je préfère décliner toute proposition, monsieur Accardi.

Tiziano lui lâcha le coude et s'appuya contre le mur pour l'observer. Et plus il la regardait, plus il était certain d'avoir trouvé la réponse à tous ses problèmes. Surtout quand elle se mettait en colère. Au premier regard, elle ressemblait à l'une de ces *working girls* qui semblaient remplir toutes les villes du monde – l'une ne se distinguant pas de l'autre. Elles étaient très nombreuses à rêver de grimper dans l'échelle sociale, de posséder un jour un de ces pavillons de brique rouge qui peuplaient les banlieues anglaises sans âme, de faire partie de la classe moyenne. Mais en plissant les yeux, il vit tout autre chose : un potentiel.

— De quoi rêvez-vous, Annie Meeks ? demanda-t-il.

Elle cligna des yeux. L'expression de son visage était étrangement neutre.

— D'une machine à remonter le temps. Pour revenir en arrière et prendre l'ascenseur.

Il marqua une hésitation, puis éclata de rire, cette fois avec un pur plaisir.

— Je crois que vous ne comprenez pas...

Il marqua une pause et, comme elle ne réagissait pas, inclina la tête.

— Ce n'est pas possible que vous souhaitiez travailler longtemps ainsi, sans gratification ni réelle reconnaissance...

Et d'ailleurs, nul ne vous y oblige. Dites-moi de quoi vous rêvez, et je ferai en sorte que cela devienne réalité. Je vous le promets.

— Je dois vraiment m'être cogné la tête, dit-elle, sans hausser le ton. Je sais bien que les miracles n'existent pas, et que quand quelque chose semble trop beau pour être vrai, c'est généralement le cas.

— J'ai la réputation d'être un peu excentrique, répondit-il. On raconte même que ma dernière fantaisie est d'errer dans les couloirs d'Accardi Industries pour faire le bien autour de moi, et de récompenser tous ceux que je croise !

— Sauf votre respect, je pense que nous savons tous les deux que vous ne faites rien de tel.

Il rit de nouveau, parce qu'elle avait parlé très gentiment, et pourtant la vérité se lisait dans son regard.

— Je commence aujourd'hui ! affirma-t-il.

— Et que ferez-vous de mes rêves si je les partage avec vous ? demanda-t-elle sur un ton de défi. En supposant que je me souvienne de l'un d'entre eux. Car ce sont surtout ceux qui peuvent se permettre de réaliser leurs rêves qui s'en préoccupent. Les autres ont du pain sur la planche.

— Et si je faisais en sorte que vous puissiez avoir le temps d'y songer ? répliqua-t-il. Ou le temps tout court ?

— Bonne idée ! Qui sait ? Demain matin, je pourrais me réveiller reine d'Angleterre ! lança-t-elle. Quoi qu'il en soit, ces dossiers ne seraient pas traités et mon loyer toujours impayé. Alors si vous voulez bien m'excuser…

— Annie, je veux que vous soyez ma maîtresse, dit-il sans préambule.

Il crut qu'elle allait défaillir. Ou le gratifier d'un sourire ironique. Ou encore, qu'elle feindrait la consternation la plus totale – comme toutes les autres. Ce à quoi il ne s'attendait pas, c'est la voir froncer les sourcils.

— Soit j'accepte soit vous me licenciez, c'est ça ? Inutile, monsieur Accardi. Je vais vous épargner cette peine et démissionner immédiatement !

Soudain, elle jeta ses dossiers par terre. Cette fois, ils ne s'envolèrent pas en tous sens, mais frappèrent le sol dans un claquement sec.

Le plus impressionnant, songea-t-il, c'étaient ses yeux perçants, qui ne lâchaient pas les siens.

— Et maintenant, laissez-moi vous dire ce que je pense de vous...

Il l'interrompit.

— Vous vous méprenez, je pense, *cara mia*, dit-il avec douceur. Vous ne serez ma maîtresse que sur le papier, et notre liaison ne sera qu'une mascarade. Ou avez-vous vraiment cru que moi, Tiziano Accardi, qui fréquente des princesses et des stars internationales, je m'abaisserais à faire des propositions à une simple employée, entre deux portes ?

# 2

Annie Meeks n'avait jamais vu d'aussi près un milliardaire en chair et en os. Un être puissant, tellement privilégié qu'il en était totalement blasé.

Mais elle avait déjà visité des zoos et, à vrai dire, ce n'était pas si différent que de se tenir devant l'enclos des grands fauves, et de les regarder sortir les griffes pour mettre en garde les imprudents qui oseraient s'approcher d'eux.

Elle savait que c'était un peu exagéré. En réalité, Tiziano Accardi n'était pas un animal féroce laissé en liberté, mais un homme. Un homme pas tout à fait comme les autres, qui portait des vêtements sur mesure hors de prix, comme tout ce qu'il possédait, mais un homme tout de même.

Il était pour le moins original, c'était le moins qu'on puisse dire.

Annie avait vu maintes fois son visage à la une des tabloïds, comme tout le monde. Sur ces photos, sa beauté était frappante : ses pommettes hautes et sa bouche sensuelle formaient un étonnant contraste avec ses cheveux noirs en bataille et ses yeux bleus rêveurs…

Sa voix, cependant, était étonnante : douce et rauque

à la fois, c'était une invitation au péché. Plus inquiétant encore, il dégageait une virilité brute, irrésistible...

Mais elle ne devait pas oublier qu'au-delà des attributs dont l'avait généreusement doté dame Nature, c'était sa généalogie qui avait vraiment fait de lui ce qu'il était. L'héritier d'un patrimoine et de traditions transmis de génération en génération...

Mais cela n'expliquait pas ce qui se passait ici. Ni les paroles stupéfiantes qu'il venait de prononcer.

— Qui sait ? répliqua-t-elle avec insolence. Même si vous étiez coutumier du fait, nulle n'aurait osé s'en plaindre, n'est-ce pas ?

Elle regretta aussitôt d'avoir répliqué avec tant d'audace. Ce n'était peut-être pas très judicieux, devant son patron...

Soudain, elle se souvint qu'elle venait de démissionner de ce poste à la fois ennuyeux et stressant chez Accardi Industries, et pouvait bien désormais se permettre de dire ce qu'elle voulait. Elle devrait faire face aux conséquences plus tard, elle le savait, hélas !

Annie fut tentée de descendre l'escalier et de se remettre au travail. Mieux valait oublier au plus vite cet incident, et Tiziano Accardi lui-même. Avec un peu de chance, il passerait lui aussi à autre chose. Cet homme n'avait jamais travaillé un seul jour à un poste qui ne lui avait pas été accordé en vertu de son nom. Elle doutait même qu'il sache que plusieurs étages inférieurs de l'immeuble étaient réservés aux secrétaires, assistantes et autres subalternes...

— C'est vrai, reconnut-il d'un ton nonchalant. C'est pourquoi, chère Annie, je vous propose de conclure un arrangement... commercial. En signe de bonne foi.

Annie ne savait pas ce qui était le pire. Le ton glacial

sur lequel il avait prononcé cet adjectif, où sa façon de dire son prénom auparavant, qui l'avait fait vibrer au plus profond de son être.

Elle frissonnait encore, et tenta de dissimuler sa contrariété.

— Je ne comprends pas cette conversation et je ne suis pas sûre de vouloir la comprendre, dit-elle avec fermeté. Mais je connais votre réputation de séducteur. Vous pouvez avoir toutes les femmes que vous voulez, et vous n'avez aucune raison de vous intéresser à moi, ni de me proposer un quelconque « arrangement ».

Ses surprenants yeux bleus se posèrent sur elle, presque tendrement, et elle réprima un frisson.

— C'est précisément pour cela que vous êtes parfaite.

Il y avait quelque chose d'exaspérant dans sa façon de s'adosser au mur, comme si sa colonne vertébrale était trop faible pour le soutenir.

— Parfaite ? répéta Annie sans comprendre, et en s'efforçant de détourner le regard. Mais pour quoi faire ?

Dieu sait ce qu'il était allé s'imaginer ! Du reste, elle n'était pas vraiment sûre de vouloir le savoir.

— Je ne peux pas m'empêcher de penser que même si vous le pensez, il ne s'agit pas vraiment d'un compliment.

Il haussa les épaules.

— Il semblerait que vous soyez trop méfiante, *cara*.

Annie savait exactement ce qu'elle devait faire. Tout ce qu'on attendait d'elle, c'était qu'elle s'excuse, poliment. Reprenant les dossiers, elle se dirigea vers le bureau de son manager. Ce n'était certes pas l'idéal que Tiziano Accardi connaisse son nom, mais pourquoi s'imaginait-elle qu'il s'en souviendrait ? Les hommes comme lui rencontraient une foule de gens chaque jour, et ne pouvaient pas se rappeler le nom de chacun.

L'amnésie risquait de se produire plus rapidement encore dans un cas comme celui-ci, car il ne l'avait pas vraiment remarquée. Malgré sa... proposition.

Hélas ! elle n'avait pas besoin de savoir exactement ce qu'il voulait pour comprendre que c'était peu flatteur pour elle. La situation parlait d'elle-même.

Elle n'avait aucun doute sur ses véritables intentions, et pourtant...

Au fond d'elle, elle sentait une curiosité longtemps endormie se réveiller. Elle l'avait remisée avec tous les autres atouts qu'elle avait bêtement pris pour acquis, jusqu'à ce que Roxy les lui prenne, un à un. Ses rêves... Ses ambitions... Son bonheur... Elle avait mis de côté tout cela lorsqu'elle avait découvert la réalité, que son banquier répétait tel un mantra : elle était ruinée...

Ces derniers temps, Annie en venait presque à se dire que c'était un mal pour un bien. Car la personne qu'elle était devenue, qui comptait jusqu'au moindre centime, et qui continuerait de le faire pendant les trois prochaines décennies, ne se faisait aucune illusion.

Elle était devenue si pragmatique que c'en était affligeant !

Jusqu'à ce qu'elle croise le chemin de cet homme, dans cet escalier, qui avait éveillé en elle des sensations nouvelles...

Avant qu'elle puisse s'en dissuader, ou se rappeler ce qui était en jeu, elle se vit pencher la tête sur le côté, comme si elle réfléchissait. Elle croisa même les bras en le regardant. Qu'avait-elle à perdre, après tout ?

— Expliquez-moi plus précisément ce que vous

voulez dire, lança-t-elle, moins comme une invitation que comme un ordre.

Un ordre qui l'amusait, elle le vit dans ses yeux qui se mirent à briller.

— Mon frère s'est mis en tête de restaurer ma réputation en lambeaux, déclara Tiziano Accardi de cette voix qu'aucun article de presse ne pouvait décrire.

— N'est-ce pas une entreprise vouée à l'échec ? rétorqua-t-elle, acerbe. J'aurais cru...

La lueur dans ses yeux s'intensifia.

— C'est tout à fait cela. Mais peut-être avez-vous aussi entendu parler de mon frère et savez-vous qu'on ne peut rien lui opposer lorsqu'il a pris sa décision. Autant parler à un mur, on a plus de chances d'obtenir gain de cause !

— Je ne peux pas dire que je vous connaisse, ni l'un ni l'autre, avoua Annie. Il se trouve que le travail modeste que je fais ne me permet pas de fréquenter des milliardaires !

— Ce que je remarque, Annie, c'est que vous semblez aussi emballée par votre job que je le suis par les projets que mon frère nourrit pour moi.

Il avait presque l'air convaincu qu'ils avaient quelque chose en commun. Cela n'avait pas de sens !

Il lui sourit et suggéra :

— Si nous joignons nos forces, nous pourrons nous aider mutuellement.

— Il ne fait aucun doute que vous pourriez m'aider, si vous daigniez le faire, fit remarquer Annie, avec ce que sa sœur – à qui elle n'avait pas parlé depuis longtemps – avait un jour appelé son implacable et inutile honnêteté. Tout comme il ne fait aucun doute qu'une telle aide serait inévitablement assortie de conditions. Des conditions drastiques, sans doute.

— Certes, acquiesça Tiziano Accardi, mais j'en connais qui donneraient cher pour être à votre place.

Ignorant cette remarque Annie poursuivit :

— La vraie question est de savoir quelle aide vous pensez que je pourrais vous apporter, et pourquoi vous pensez que je souhaiterais le faire.

Elle secoua la tête avec plus de détermination qu'elle n'en ressentait, ce qui aurait dû l'effrayer.

— Il y a un mot pour qualifier les femmes qui vendent leurs services à des hommes comme vous. Mais je suppose que vous le savez.

Elle s'attendait qu'il s'offusque de cette remarque, mais il n'en fut rien. Il ne parut pas le moins du monde décontenancé lorsqu'il répondit :

— Beaucoup de ces femmes sont connues pour être les *épouses* d'hommes fortunés, comme vous avez peut-être pu le constater.

— Pour être claire, dit Annie sèchement, aussi romantique que soit cette conversation, vous n'êtes pas en train de me demander de vous épouser, n'est-ce pas ?

— Certainement pas !

Son sourire plein de morgue – qu'elle avait vu si souvent à la une de la presse à scandale – la peina plus qu'elle n'aurait voulu l'admettre.

— Bien que le mariage soit au cœur de mes problèmes actuels, ce n'est pas ce que j'exige de vous.

— Ainsi, vous avez des exigences, maintenant ? C'est un peu rapide, vous ne trouvez pas ? Il y a quelques instants, vous me suppliiez de vous accorder une faveur.

— Oui, c'est exact, répondit-il.

Et puis, pendant un instant, son regard arrogant sembla vaciller, comme si lui non plus ne comprenait pas tout à fait ce qu'il faisait là.

Elle attendait qu'il s'excuse et poursuive son chemin, mais il ne bougea pas. Il croisa les bras et lui fit face, faisant aussitôt monter en elle une vague de chaleur incongrue en ce mois de novembre.

Tiziano la regarda, puis reprit d'un ton radouci.

— Mon frère pense que ma réhabilitation passe par des jeux aussi futiles que ceux qu'affectionnaient nos ancêtres.

— L'achat de terres arables ? L'exploitation de serfs et d'esclaves ?

Ses yeux brillèrent à nouveau, et il hocha faiblement la tête.

— Pire : il veut me marier. C'est vieux comme le monde. Trouvez la fille la plus vertueuse de tout le pays, et mariez-la à un être dissolu tel que moi pour qu'elle le guérisse de tous ses maux. Nous avons tous déjà entendu cette histoire. Nous savons tous comment elle se termine.

Annie ne put s'empêcher de lâcher :

— MST ?

Il rit, et elle eut l'impression qu'il était sincère. Il n'était rien d'autre pour elle qu'une étrange parenthèse sans rapport avec le reste de sa vie, alors autant prendre cette parenthèse à la légère.

— Je vous assure que je ne suis pas aussi dépravé qu'on le dit, affirma-t-il, le regard et la voix toujours empreints d'une troublante sincérité. Néanmoins, je n'ai pas vraiment envie d'unir ma destinée à celle d'une femme aussi parfaite que celle qu'il a choisie pour moi.

Annie haussa les épaules.

— S'il l'aime tant, il devrait peut-être l'épouser lui-même, dit-elle.

— Je lui ai suggéré la même chose, répondit-il. Hélas ! il n'y a pas sur Terre de plus grand martyr qu'Ago Accardi. Ainsi, bien que la pauvre femme coche toutes les cases, il a déclaré qu'elle était pour moi. Son jeune frère indigne qui a besoin de cela pour sauver son âme !

— Ce qui est sûr, dit Annie, c'est que les familles sont compliquées.

Elle savait qu'il ne fallait pas penser à Roxy dans un moment pareil. Sa sœur la mettait encore en colère, même maintenant.

Elle se racla la gorge et ajouta :

— Mais aussi tentant que cela puisse être, l'honnêteté est sûrement la meilleure solution.

— Vous ne connaissez pas mon frère !

Il soupira.

— Ce n'est pas que je ne le comprenne pas. Je le comprends. Il a dû grandir trop vite quand notre père est mort. Il a consacré toute sa vie à faire ce qu'il considère comme son devoir envers la famille et pour notre héritage. Je suis la seule ombre au tableau. Or, il veut un bilan irréprochable.

Annie cligna des yeux.

— Je ne m'attendais pas que vous me donniez tous ces détails...

— Je suis très compliqué, *cara*, dit-il avec un sourire entendu. Mais ce n'est pas parce que je comprends mon frère que j'ai envie de vivre en prison. Et encore moins marié à une femme qui m'ennuie à mourir. Ce n'est pas sa faute. Elle est charmante. Irréprochable à tous points de vue. Et pourtant...

Annie songea soudain qu'elle venait de démissionner, bêtement, d'un poste qu'elle ne pouvait pas se permettre de perdre. Elle se sentit soudain très démunie.

— Mais notre rencontre m'a fait entrevoir une porte de sortie : il me faut une maîtresse.

— Encore une fois, je crois que vous n'aurez aucun mal à trouver des candidates pour le rôle.

— C'est vrai, convint-il. Mais je ne suis pas prêt à proposer cet... arrangement à n'importe qui. Ce dont j'ai besoin, voyez-vous, c'est d'une femme qui ne m'intéresse pas ! dit-il. Comme vous.

Il fallut un moment à Annie pour réaliser qu'il était en train de l'insulter.

— Je n'essaye pas de vous manquer de respect, reprit-il, comme s'il lisait dans ses pensées. Je parle seulement de la façon dont les autres percevraient notre couple.

— Qu'y a-t-il d'inhabituel à ce qu'un homme comme vous sorte avec sa secrétaire ? Il me semble au contraire que c'est tout à fait courant, et je ne vois pas en quoi cela vous intéresserait. Vous pouvez avoir toutes les femmes que vous voulez, n'est-ce pas ?

— L'important n'est pas juste de me montrer en galante compagnie, qu'il s'agisse d'un top model ou d'une simple assistante, expliqua-t-il. Ce que je veux, c'est qu'on me croie passionnément amoureux, au point de ne pas vouloir abandonner celle que j'aime pour conclure une union de convenance.

Quelque chose en elle céda à cet instant, et elle s'entendit répondre :

— Je ne vous connais pas, mais à première vue je ne vous crois pas capable d'un tel engagement.

— Qui sait ? répondit-il, énigmatique.

Ainsi ce séducteur invétéré croyait en l'amour ! Il aspirait même à une relation sincère, comprit-elle en voyant une lueur briller dans ses yeux bleus. Si elle avait été un tant soit peu raisonnable, elle aurait battu en retraite, mais elle ne bougea pas. C'était comme si son corps ne lui obéissait plus.

Il poursuivit :

— Si je me présentais devant mon frère et déclarais que je suis tombé amoureux de l'un de ces nombreux mannequins interchangeables qui me harcèlent dans les soirées mondaines, il n'en tiendrait pas compte. Et il continuerait de me chercher une épouse. Mais si je lui présentais une femme comme vous, une femme en tout point différente de toutes celles qui l'ont précédée, cela le ferait réfléchir. Il serait tenté de croire que la seule raison pour laquelle j'ai pu faire un tel choix est celle qui nous pousse à agir contre toute raison...

Dans un soupir, il ajouta :

— Et cette raison, c'est l'amour. Le sentiment le plus profond et le plus imprévisible de tous, Annie.

— Il me semble que vous avez lu beaucoup trop de romans à l'eau de rose, répliqua Annie d'un ton sec. Cela vous a rendu idiot !

De nouveau, une étincelle s'alluma dans ses yeux.

Elle préféra ne pas se demander pourquoi elle prolongeait cette conversation absurde. Alors qu'il lui aurait suffi de le planter là et de tourner les talons.

— Il ne s'agit pas d'un engagement à vie, poursuivit-il d'un ton posé. J'imagine que cela ne prendra pas plus d'une semaine ou deux. Tout le monde souhaite annoncer mes fiançailles à Noël. Si je déclare qu'il n'est pas question pour moi d'abandonner l'amour de ma vie, les fiançailles seront annulées très vite. Le père de ma promise s'en chargera. Nous devrions pouvoir reprendre très vite le cours de nos vies... chacun de notre côté.

Il la regarda, avec une arrogance à couper le souffle qui, d'une certaine manière, lui allait bien.

— Mais si vous acceptez ma proposition, votre vie sera grandement améliorée, croyez-moi.

Annie fronça les sourcils

— Mais... vous ne savez rien de ma vie !

— Certes, mais je sais l'essentiel : si vous étiez riche, vous ne travailleriez pas comme secrétaire.

Annie ouvrit la bouche, sur le point d'argumenter sans savoir pourquoi elle s'y sentait obligée, mais il leva la main pour couper court à ses explications.

— Réfléchissez, dit-il doucement. Qu'avez-vous à perdre ?

Bien malgré elle, elle obéit.

Une part d'elle avait envie de s'en prendre à lui. De lui faire savoir qu'elle avait un mari qu'elle adorait et douze enfants adorables qui l'attendaient à la maison. Mais si ça avait vraiment été le cas, se serait-elle attardée aussi longtemps dans une cage d'escalier avec lui ?

Le fait est qu'elle n'avait ni l'un ni l'autre. Elle vivait dans un logement miteux, à vingt minutes à pied du métro le plus proche. De toute façon, elle ne s'embêtait pas à marcher jusqu'au métro, car pour faire des économies elle allait au travail à pied, même si cela lui prenait plus d'une heure. Par tous les temps. Elle mangeait plus souvent qu'à son tour des haricots en boîte sur des toasts, lavait ses vêtements dans l'évier et rationnait ses sachets de thé.

Cela faisait un an qu'elle consentait à ces sacrifices,

et qu'avait-elle obtenu en retour ? Elle n'avait même pas réussi à éponger ses dettes !

Et pendant ce temps, sa sœur continuait à vivre comme elle l'entendait en Australie, d'où elle lui envoyait de temps en temps des messages d'excuse peu sincères. Comme si elle n'avait pas délibérément ruiné son existence...

Cela n'était pas juste.

D'autant plus qu'Annie avait passé sa vie à faire tout ce qu'il fallait, sans se ménager ni céder à la facilité. Elle avait obtenu d'excellentes notes à l'école. Elle avait travaillé dur pour obtenir sa place à l'université. Elle n'avait jamais causé le moindre souci à sa pauvre tante, qui avait déjà bien assez à faire avec les enfants de sa sœur décédée. Annie avait respecté toutes les règles. Il ne lui était jamais venu à l'esprit de se comporter comme sa sœur, si insouciante, et si ingrate !

Roxy, elle, avait décidé de vivre aux antipodes, partageant son temps entre Sydney et Melbourne, ou prenant le soleil sur les plages tandis qu'Annie travaillait sans relâche à l'obtention de son diplôme, se félicitant d'avoir suivi un cursus d'histoire de l'art qui pourrait lui être utile plus tard. Elle avait choisi la voie de la raison, plutôt que de faire ce qu'elle voulait vraiment : peindre. Car elle avait compris depuis longtemps que sa passion pour la peinture ne l'aiderait pas à payer les factures, et jugeait donc irresponsable de s'y adonner.

Mais si elle acceptait l'offre de Tiziano Accardi, elle n'aurait plus à se soucier des factures pendant longtemps. Peut-être même plus jamais. Elle pourrait faire ce qu'elle voulait, et transformer en atelier la maison de sa grand-mère, qu'elle avait négligée ces dernières années, faute de moyens.

En tout cas, une chose était sûre : sa sœur, elle, n'aurait pas hésité à accepter cette proposition.

Qu'est-ce qui la retenait ?

Où le respect des règles l'avait-il menée ? Elle pouvait décliner cette offre, mais qu'obtiendrait-elle à la place ? Il lui faudrait des années pour sortir de la situation dans laquelle Roxy l'avait plongée. Des années, rien que pour se maintenir à flot. Et même quand elle aurait atteint cet objectif, il lui faudrait continuer à faire attention !

Et si, pour une fois, elle choisissait la voie de la facilité et voyait ce que cela donnait ? Et si, pour une fois, elle cédait, sans craindre pour son avenir proche, ni redouter de quelconques conséquences ?

Elle ne serait pas la première femme au monde à trouver attrayant ce genre d'« arrangement », comme l'avait appelé Tiziano Accardi. De plus, à en croire ce dernier, il ne s'agissait que de se montrer à son bras. Il n'exigerait pas de contrepartie… physique.

Il aurait pu continuer de plaider sa cause, mais n'en fit rien. Il resta planté devant elle, à la regarder d'un air nonchalant, tandis qu'elle bataillait avec sa conscience.

Elle songea soudain au dernier message de sa sœur, avec la photo d'une plage de sable qui se terminait par d'innombrables « XO » en guise de consolation. Et puis ce texte très bref :

Excuse-moi. Je ne voulais pas te faire de mal. J'aimerais tant que tu sois là !

Ces mots semblaient s'enfoncer dans son cœur comme un poignard. Et si c'était un message pour l'inciter à faire ce qui était bon pour elle. L'inciter à changer… tout ?

Et c'était le moment idéal pour cela.

Après tout, elle aurait tout loisir, après, de réfléchir

vraiment à ce qu'il lui offrait, et de proposer des aménagements.

— Très bien, lui dit-elle d'un ton formel, comme si elle était coutumière de ce genre de contrat. J'accepte. Mais il faudra établir des règles. Fixer des limites. Et prévoir des sanctions en cas de non-respect des engagements.

Elle s'attendait qu'il négocie, parce qu'il était sûrement habitué à ce que le monde se plie à ses exigences. Et elle devait bien avouer qu'elle n'avait aucune idée des limites qu'elle devait fixer ou des clauses qu'elle devait exiger, mais elle avait trop d'orgueil pour acquiescer simplement.

Heureusement, Tiziano Accardi se contenta de sourire en hochant légèrement la tête.

— Marché conclu, alors !

# 3

Ce fut le moment le plus étrange de sa vie, plus terrible encore que celui où elle avait découvert les manigances de Roxy. Comme à l'époque, Annie demeura immobile alors que le sentiment que tout était en train de changer – et avait peut-être même déjà changé – l'envahissait à une vitesse vertigineuse. C'était inéluctable.

Sauf que, cette fois-ci, elle se trouvait dans la cage d'escalier d'Accardi Industries.

Elle n'aurait su dire si c'est mieux ou pis que d'être confortablement installée dans le bureau impersonnel d'une banque d'affaires, confrontée à la triste réalité d'une dette qui monte en flèche – une dette qu'elle n'avait pas contractée et dont elle devait pourtant s'acquitter.

Tiziano Accardi lui sourit pendant ce qui lui sembla être un très long moment après qu'elle eut accepté sa proposition, lui faisant instantanément regretter son choix. Mais pas assez pour qu'elle parvienne à ouvrir la bouche pour déclarer qu'elle revenait sur son accord.

Pas assez de temps pour faire ce qu'elle aurait dû faire depuis le début, à savoir continuer à descendre l'escalier...

Tiziano Accardi sortit son portable de sa poche, tapa

quelque chose sur le clavier, puis concentra de nouveau toute son attention sur elle.

— *Molto bene*, murmura-t-il. Mon assistante se mettra en relation avec vous et prendra note de tous les détails. Je vais rencontrer mon frère et tenter de lui dire que le cœur a ses raisons, etc. C'est l'expression consacrée, non ?

— Ce ne sont que des mots, répondit Annie, surprise de pouvoir parler alors qu'elle restait figée, incapable d'esquisser le moindre mouvement.

Elle aurait dû partir, pourtant, et couper court à cette conversation qui échappait désormais à son contrôle. Elle avait l'impression d'avoir ouvert la cage aux fauves et de se retrouver soudain en face d'un grand félin.

La question n'était plus de savoir si elle allait être dévorée vivante, mais quand !

Elle se racla la gorge et carra les épaules.

— Si vous essayez vraiment de vendre l'idée que vous êtes tombé soudainement amoureux, je vous suggère d'avoir l'air un peu moins cynique… si vous en êtes capable. Cela augmenterait votre crédibilité.

Annie s'attendait à recevoir un coup de griffes, mais Tiziano Accardi se contenta d'un léger rire, ce qui l'exaspéra. Alors qu'elle tentait de garder son sang-froid, ses yeux se posèrent sur son beau visage, soudain inondé de lumière. Quelqu'un venait d'ouvrir la porte du palier, au-dessus d'eux.

Sa première réaction fut le soulagement, ce qui n'était guère surprenant. La personne qui se présenterait romprait cette intimité factice, étouffante… Annie regagnerait le bureau de son supérieur et, au moment où elle s'installerait ce soir-là sur son canapé pour dîner d'une simple salade et regarder sans la voir une série télévisée, elle se dirait que tout cela n'avait été qu'un mauvais rêve.

Il y eut un bruit de talons sur les marches, puis une femme d'âge indéterminé arriva devant eux. Elle aurait pu avoir trente ou soixante ans ; elle était svelte, avec un visage long et des cheveux platine qui, même impitoyablement serrés dans un chignon strict, la faisaient ressembler à un lévrier afghan. Elle descendit les marches, les yeux écarquillés, et vint se poster à côté de Tiziano Accardi.

— Je vous présente Catriona, annonça celui-ci d'un ton nonchalant. Elle s'occupe de mes affaires personnelles, dans la mesure où elles doivent être traitées. Je vous laisse entre ses mains expertes.

Décontenancée, Annie se contenta de murmurer :

— Je vois...

Tiziano Accardi rit de nouveau, contrairement à sa voisine qui resta de marbre. Comme s'ils étaient encore seuls, il se livra à une étude approfondie d'elle, l'examinant de la tête aux pieds. Il était si indiscret qu'elle se mit à rougir, comme s'il posait sur elle ses longues mains.

Il se mit soudain à parler en italien très rapidement, et Annie eut l'impression que son accent chantant apaisait la tension qui ne l'avait pas quittée depuis qu'elle avait croisé le regard de cet homme, tandis que Catriona hochait sa tête blonde en tapant activement sur sa tablette et en murmurant de temps en temps « *Sì, sì* ».

Après ce qui parut à Annie une éternité, Tiziano Accardi se tourna vers elle, et planta dans les siens ses yeux bleus qui brillaient comme des saphirs.

— *Arrivederci, cara*, murmura-t-il.

C'était un au revoir, mais il sonnait comme une menace.

— *Ci vediamo presto.*

Elle rougit jusqu'à la racine des cheveux, l'embarras qu'elle en conçut la faisant rougir encore plus, avant de baisser lentement la tête, tandis que Tiziano Accardi lui offrait un sourire radieux.

Le souffle coupé, elle le vit se retourner et se diriger vers la volée de marches. Comme elle déglutissait avec peine, elle s'aperçut que son assistante l'observait très attentivement, sans la moindre expression sur le visage.

C'était l'occasion pour Annie de s'échapper, maintenant que Tiziano Accardi s'était retiré et qu'elle pouvait se concentrer sur autre chose. Enfin, elle pouvait agir, et tenter d'arranger la situation.

Dans l'immédiat, le mieux à faire était de quitter ce bâtiment. Elle s'inquiéterait de sa dette plus tard, quand…

Catriona la tira de ses réflexions.

— Si vous voulez bien me suivre, dit-elle d'un ton mielleux qui lui fit penser aux présentatrices de la BBC.

Annie hésita. Comme si elle ne savait pas ce qu'elle devait faire. Comme si elle avait le choix.

— Eh bien… je ne sais pas si…

Sans même prendre la peine de lui répondre, Catriona tendit un bras et hocha la tête en direction des marches pour qu'Annie la précède.

Plus tard, Annie en était sûre, elle repenserait à ce moment : le point de non-retour, l'instant où tout avait basculé. Après tout, aussi élégante soit-elle, il était très peu probable que l'assistante de Tiziano Accardi soit aussi influente que lui… Elle n'avait rien d'un prédateur, d'un fauve en liberté, parcourant la ville pour attraper les imprudents. Non qu'Annie fasse partie des imprudents, mais elle restait vulnérable, à cause de Roxy et des dettes qu'elle lui avait laissées.

À moins qu'elle ne saisisse l'occasion de s'en sortir en acceptant la proposition que venait de lui faire Tiziano Accardi. Une proposition pas du tout... convenable.

Et alors ? Jusqu'à présent, elle s'était comportée de manière très convenable, justement, en s'efforçant de ne pas se faire remarquer et de toujours respecter les règles. Et qu'est-ce que cela lui avait apporté ?

Sans même s'en rendre compte, elle monta les marches.

Très vite, Catriona montra qu'elle était une femme de caractère, qui ne se laissait pas facilement impressionner. Elle commença par monter l'escalier juste derrière Annie, puis la conduisit dans un bureau situé à l'étage au-dessous de celui de la direction. Elle lui demanda de s'asseoir dans la pièce décorée dans d'élégants tons pastel et commença à l'interroger sur les moindres détails de sa vie.

Catriona ne laissa rien au hasard. Elle ouvrit un ordinateur portable, saisit toutes les réponses d'Annie et n'hésita pas à lui demander des précisions. Lorsqu'elle eut terminé, Annie se détendit quelque peu sur le canapé gris tourterelle, avec l'impression de sortir d'une longue garde à vue... Qu'est-ce qui pouvait bien justifier de telles précautions ?

Dans le quart d'heure qui suivit, Catriona l'ignora complètement et se lança dans un tourbillon d'activités, envoyant des mails et passant plusieurs appels téléphoniques, ce qui laissait peu de loisir à Annie d'émettre des doutes, ou de poser des questions.

Plus tard, après qu'Annie eut signé d'innombrables documents juridiques, Catriona l'entraîna hors du bureau sans lever les yeux de son téléphone portable. Elle marchait au pas de course dans les couloirs, aussi à l'aise sur ses talons aiguilles que si elle avait eu une paire de baskets.

Annie avait bien du mal à la suivre, et pourtant elle n'envoyait pas de SMS en marchant !

— M. Accardi fera régler toutes vos dettes avant la fin de la journée et une première somme sera versée sur votre compte bancaire en signe de bonne foi, lui dit froidement Catriona sans cesser d'avancer. Le contenu de votre appartement sera emballé et transporté, et devrait être à votre disposition demain matin. Cela vous convient-il ?

Annie était finalement heureuse d'être en mouvement, en train d'avancer dans ce couloir tandis que Catriona lui transmettait des informations sur un ton neutre. Cela lui donnait l'impression d'une scène banale, quotidienne, alors qu'en réalité sa vie venait de changer radicalement !

Elle sentit le soulagement l'envahir, si fort qu'elle faillit en tomber à la renverse. C'était ce dont elle avait besoin, en fin de compte. Son combat de chaque instant, son travail acharné, ses sacrifices, rien de tout cela n'avait plus d'importance, désormais. Il avait suffi à Tiziano Accardi de donner quelques instructions, que cette femme redoutable était en train d'exécuter, pour que les soucis d'Annie disparaissent comme par magie, comme s'ils n'avaient jamais existé.

Entre sa chute dans l'escalier et la signature du contrat, il s'était écoulé moins d'une heure.

Moins de soixante minutes pour devenir une personne

complètement différente avec une toute nouvelle vie, et elle n'était même pas encore entrée dans le vif du sujet ! En effet, elle n'avait pas commencé à honorer son contrat…

Devant les ascenseurs, Catriona s'arrêta. En la voyant lever un sourcil, Annie se souvint qu'elle attendait une réponse. Il fallait qu'elle s'exprime.

Elle réussit à s'éclaircir la voix.

— Oui, dit-elle d'un ton faussement détendu, c'est très bien.

Elle se souvenait à peine d'être ensuite sortie du bâtiment, puis montée dans le véhicule qui les attendait. Annie ne comprit ce qui se passait que lorsqu'elles arrivèrent à Hampstead, devant ce qui ressemblait à un petit musée remarquable par sa taille, sa forme étrange en croissant, ses murs d'un blanc immaculé et son toit de verre.

En retrait de la route principale, et bâtie sur un vaste terrain, la demeure était dotée d'un court de tennis, d'une piscine, et d'un garage permettant d'abriter plusieurs véhicules.

En effet, plusieurs voitures de sport de marques aussi luxueuses que prestigieuses étaient alignées dans la pénombre.

— J'aurais cru que M. Accardi occuperait un grand appartement dans le centre de Londres, lança Annie sans même réfléchir.

Le visage lisse et indéchiffrable de Catriona ne trahit aucune émotion quand elle répondit :

— M. Accardi possède plusieurs propriétés à Londres.

Annie supposa qu'il avait aussi une garçonnière pour

ses besoins quotidiens. Elle songea que c'était une bonne chose qu'il ne l'y ait pas fait conduire. Cela signifiait probablement qu'il avait l'intention de continuer à vivre comme avant, et qu'elle n'aurait pas à être témoin de ses frasques. Cela était tout de même plus agréable, non ?

Non, se reprit-elle l'instant d'après, « agréable » n'était pas le mot, car elle ressentait un étrange malaise en y songeant, sans pouvoir dire pourquoi.

Catriona entra dans la maison, bien plus grande que l'immeuble où se trouvait son logement, constata-t-elle. Elle aurait même pu couvrir la superficie de tout le pâté de maisons !

Annie suivit l'assistante de Tiziano Accardi, reconnaissante de pouvoir regarder autour d'elle afin de découvrir tranquillement les lieux, plutôt que d'avoir à réfléchir aux questions que cette demeure suscitait en elle...

Elles furent accueillies par les membres du personnel, auxquels Catriona donna une foule d'instructions avant de se tourner vers Annie avec un hochement de tête impatient et de s'élancer dans l'escalier à claire-voie qui, avec ses marches en verre, semblait suspendu dans l'air. Il était évident qu'Annie devait la suivre, et c'est ce qu'elle fit, de plus en plus mal à l'aise à chaque pas.

Lorsqu'elles atteignirent l'extrémité d'un couloir, Annie comprit qu'il s'agissait de l'aile qui lui était réservée, et qui comptait plusieurs suites.

Elle franchit une porte puis s'arrêta dans ce qu'elle pensait être la pièce principale de la suite, avec ses larges baies vitrées et sa vue sur la campagne environnante.

Soudain, elle se rendit compte qu'elle ne savait pas quoi faire de ses mains et, durant quelques instants, fut incapable de penser à autre chose.

— Bienvenue chez vous ! dit Catriona avec nonchalance, soulignant d'autant par contraste le malaise d'Annie, qui ne fit que s'accroître. Vous pouvez prendre le reste de la journée pour vous installer. Un thé léger vous sera servi dans une demi-heure. Si vous souhaitez dîner plus tard, il vous suffira de sonner.

Catriona avait dit cela d'un ton parfaitement naturel, comme si Annie avait l'habitude d'avoir des domestiques ! Mais elle ne fit aucune remarque à ce sujet et se contenta de hocher la tête d'un air entendu.

— N'hésitez pas à demander tout ce dont vous pourriez avoir besoin, ajouta l'assistante avant de prendre congé.

Lorsque la porte se fut refermée en silence derrière elle, Annie détailla la suite. Elle était équipée de trois télévisions à grand écran, encastrées dans les murs tels des tableaux de maître. Elle disposait aussi de sa propre salle de sport, d'un sauna et d'un balcon. Il y avait un bureau, et une petite pièce qui aurait pu faire office de cabinet de lecture. Dans toutes ces pièces d'ailleurs, il y avait des étagères remplies de livres – ouvrages documentaires et romans.

Plus impressionnant encore : la salle de bains, équipée d'une baignoire gigantesque avec vue sur la lande.

C'est là qu'Annie passa sa première nuit en tant que maîtresse – du moins sur le papier – d'un homme richissime. Elle se prélassa dans un merveilleux bain parfumé, tout en dégustant des petits-fours et des chocolats tous plus délicieux les uns que les autres. Puis, une fois rassasiée, elle se glissa dans un lit à baldaquin au moelleux divin, où elle dormit comme une reine.

Contrairement à ce qu'elle avait cru, elle n'aurait aucun

mal à s'habituer à ce mode de vie luxueux ! songea-t-elle à son réveil.

Pourtant, la semaine suivante s'écoula avec beaucoup moins d'indolence que cette première nuit n'aurait pu le laisser supposer.

Si on lui avait posé la question, Annie aurait dit qu'un homme comme Tiziano Accardi ne faisait pas grand-chose de ses journées, se contentant de se prélasser dans un transat à la façon des empereurs romains, attendant sans doute qu'on lui tende une grappe de raisin, ou qu'une jeune fille nubile vienne lui tenir compagnie.

Mais il n'y avait pas de jeunes femmes dans son manoir très moderne de Hampstead. La maison était remplie d'employés qui paraissaient totalement dévoués. Au fil des jours, elle s'aperçut que nombre d'entre eux étaient au service de Tiziano Accardi depuis de nombreuses années. Certains étaient même présents dans la famille depuis l'enfance de son père.

Annie avait imaginé trouver un homme comme Tiziano Accardi entouré d'employés cyniques, tous impatients de finir leurs harassantes journées et d'échapper aux frasques de leur patron. Au lieu de cela, elle trouva la vaste demeure occupée par des employés sympathiques, à la loyauté à toute épreuve, et qui donnaient à cet endroit pourtant très moderne un petit air suranné, délicieusement british.

De plus, aucune des personnes qui travaillaient ici ne semblait le moins du monde désireuse de changer quoi que ce soit à son quotidien bien huilé.

Non seulement Annie trouvait cela surprenant, mais

elle s'en indignait même, peut-être parce que pour sa part elle *devait* changer. Elle s'y était engagée, et c'est pour cela que Tiziano Accardi avait dépensé tout cet argent. C'était leur deal, et elle devrait l'honorer, qu'elle le veuille ou non.

Elle consacra ses premiers jours à s'installer et à trier ses maigres possessions, ce qu'elle ne fut pas autorisée à faire seule.

« Laissez-moi vous aider, j'ai l'habitude », avait dit Catriona d'un ton légèrement désapprobateur lorsqu'on avait livré la remorque contenant les affaires récupérées dans son appartement.

L'assistante de Tiziano Accardi s'était alors mise à diviser les possessions d'Annie en deux tas : le premier avec les objets et vêtements qui devaient être rangés jusqu'à ce que leur arrangement soit terminé. Le second, essentiellement constitué de souvenirs personnels, qu'elle avait été autorisée à garder avec elle.

Après une inspection rigoureuse, Catriona avait jugé sa garde-robe inacceptable, et le lui avait dit sans ambages.

À ce stade, Annie avait dormi trois nuits dans cette maison. La première, le soulagement de savoir ses dettes effacées et le bain tiède l'avaient plongée dans un sommeil profond et réparateur. La deuxième, c'est le silence qui l'avait réveillée. Plusieurs fois elle s'était redressée et avait jeté des regards affolés autour d'elle, jusqu'à ce qu'elle se rappelle où elle était, et pourquoi Londres était soudain devenue muette.

Cette nuit-là, elle avait trouvé le lit un peu trop souple.

Et les oreillers trop moelleux.

Chaque jour, on lui livrait des plateaux de nourriture,

à l'heure du déjeuner et du dîner, sans qu'elle ait rien demandé.

Des tasses de thé apparaissaient aussi comme par magie dans l'après-midi.

Le deuxième jour, Catriona l'avait fait asseoir pour lui fournir le détail des dettes effacées, des sommes allouées, et un aperçu de ce qui avait été esquissé pour les placements que Tiziano avaient faits à son nom afin qu'elle puisse réaliser ses rêves – ce dont ils avaient brièvement discuté dans la cage d'escalier. Après avoir signé de nouveaux documents, elle avait dormi comme un loir. Si profondément que lorsqu'elle s'était réveillée, ce matin-là, elle avait mis un moment avant de se rappeler qui elle était. Et surtout *où* elle se trouvait.

Ce sentiment l'avait habitée toute la matinée. Et cela ne s'améliorait pas. Après le déjeuner, Catriona l'avait installée dans une voiture, annonçant qu'il était temps de s'occuper de sa garde-robe.

— Je croyais que le but de tout cela était de faire croire que je ne ressemblais pas au genre de femmes que fréquente habituellement M. Accardi, argua Annie, peut-être un peu brusquement. La simplicité de ma garde-robe me paraît au contraire jouer en ma faveur. Elle est plutôt crédible, vous ne trouvez pas ?

— Il y a une différence entre ce qu'est vraiment une secrétaire et l'histoire de Cendrillon qui fait rêver toutes les femmes, vous savez, déclara Catriona.

Elle la regarda froidement tandis que leur voiture s'engageait dans une allée privée.

— Or, nous avons opté pour la seconde version, mademoiselle Meeks.

Annie n'avait qu'une envie : argumenter, protester, mais

elle se trouvait curieusement incapable de prononcer un seul mot. Elle aurait voulu crier qu'elle n'avait pas signé pour ça ! D'autant qu'elle n'était pas du genre à croire aux contes de fées – surtout pas après les événements qui avaient marqué l'année précédente, lui ouvrant les yeux sur les plus cruelles réalités de la vie… L'aventure dans laquelle elle s'était laissé embarquer tenait moins du conte de fées que de la mascarade, voire de l'escroquerie ! Tout ce qu'elle avait à faire, c'était se faire passer pour la maîtresse en titre de Tiziano Accardi, dans l'attente que celui-ci se réconcilie avec son frère. Et elle ne voyait pas pourquoi cela devait impliquer un effort particulier de sa part.

Mais Catriona ne faisait que son travail, et se moquait bien d'employer des manières pour le moins abruptes. Il n'y avait aucune discussion possible avec elle, et encore moins de négociation. Catriona était chargée de mettre en œuvre la vision de son patron, et Annie était certaine que quelque part dans tous les papiers qu'elle avait signés figurait noir sur blanc son obligation de s'y plier.

C'est ainsi que, pendant les quelques jours qui suivirent, Annie opta pour l'obéissance absolue. La reddition.

Elle accepta la brusquerie de Catriona, les innombrables tasses de thé et les interminables séances de shopping dans toutes les boutiques chics de tous les quartiers huppés de Londres. Elle se soumit à l'obligation d'essayer une gamme infinie de vêtements, tandis que Catriona tranchait, décidait, ordonnait, et faisait chauffer la carte de crédit.

Le shopping ne fut pas sa seule punition, hélas ! Bien après qu'Annie se fut habituée aux prix astronomiques, à la condescendance des vendeuses et aux choix sans appel de Catriona, celle-ci l'emmena dans un spa si confidentiel que tout le personnel connut son prénom dès qu'elle y entra, et la traita comme une vieille amie.

— À bientôt, Annie, susurrèrent-ils quand elle prit enfin congé, comme s'ils regrettaient de la voir partir. Et merci de votre visite.

Il n'y avait ni caisse ni produits de beauté dans ce spa, situé dans un quartier où Annie ne s'était jamais aventurée. Elle ne s'était jamais non plus retrouvée dans un endroit comme celui-ci, où il n'y avait aucune possibilité de connaître le prix de quoi que ce soit. Pourquoi s'en préoccuper, alors que la clientèle ciblée était justement censée dépenser sans compter ?

La première fois, elle fut étuvée, puis massée, avant d'être enveloppée de boue pour, lui glissa une employée, débarrasser son corps du stress de Londres.

Que pouvait-elle faire, à part profiter au mieux de ces instants de bien-être ?

Le lendemain, on la conduisit dans un nouvel institut de beauté. Cette fois-ci cependant, il n'était manifestement pas question de la détendre, mais d'améliorer son apparence.

Elle avait besoin d'un relooking total, lui dit-on sans prendre la peine de la consulter sur ses préférences ou ses souhaits. En fait, on ne lui demanda rien du tout. Elle tenta bien de se rebeller, mais le personnel se contenta de lui sourire poliment. Ils avaient leurs ordres.

Comme Annie, ils obéissaient au doigt et à l'œil à la froide et efficace Catriona.

On lava et soigna ses mains et ses pieds ; ses ongles furent taillés, lustrés et peints. Des poils dont elle ignorait l'existence furent arrachés à la cire ; ses sourcils, soigneusement teints, puis légèrement affinés.

Une fois cette étape préliminaire achevée, on lui coupa les cheveux, avant de leur appliquer une légère teinture pour rehausser leur couleur naturelle, de les sécher et de les coiffer à la perfection. Au lieu de ses habituelles boucles cuivrées, elle arborait maintenant une chevelure presque acajou, sophistiquée malgré son apparente simplicité.

Ce n'est que lorsque sa coiffure fut jugée convenable qu'on la mena dans une autre partie du salon, où une foule d'assistants vêtus de noir se mit à tournoyer autour d'elle, appliquant du maquillage sur sa peau avec ce qui ressemblait à des truelles de maçon. Elle se prépara mentalement, car tôt ou tard elle allait devoir faire de son mieux pour accepter le résultat.

Mais lorsqu'ils s'éloignèrent tous, la laissant face à un miroir qui lui renvoyait sa nouvelle image, Annie fut surprise de se sentir si favorablement impressionnée.

Elle comprit alors immédiatement ce que Catriona avait voulu dire à propos du fantasme de Cendrillon et de l'engouement qu'il suscitait. Devant ce miroir, Annie avait l'air d'être... elle-même. Toute personne qui la connaissait déjà l'aurait aisément reconnue, et pourtant c'était comme si chaque partie d'elle-même rayonnait d'un éclat nouveau.

Comme si, dans ce spa, c'était à l'intérieur, et non à l'extérieur, que des changements s'étaient opérés.

Annie n'en revenait pas. Elle étudia son reflet tout en essayant de comprendre ce qui avait changé. Bien sûr, elle avait bénéficié de nombreux soins dont elle avait cru à tort qu'elle saurait les énumérer, avant d'être habillée avec la plus grande sophistication.

Mais même si sa tenue ne ressemblait en rien à celles que Catriona avait ordonné d'emballer dans des cartons pour les stocker dans un grenier, Annie n'aurait pas su différencier un vêtement d'un autre. La qualité et la douceur des tissus, peut-être ? Ou la façon dont ils bruissaient contre sa peau ? Sans parler de ses chaussures qui, bien que pourvues de talons vertigineux, étaient aussi confortables que des pantoufles.

Un soupçon d'or à son cou et une touche de perles à ses oreilles complétaient ce tableau à la fois simple et élégant, tendance et intemporel.

En d'autres termes, elle était devenue une cendrillon des temps modernes. Catriona et Tiziano Accardi avaient réussi à concilier l'inconciliable et créé un véritable chef-d'œuvre !

Annie se tourna vers l'assistante qui se tenait dans un coin, les bras croisés, et avait l'air – il faut bien le dire – satisfaite de son travail. Jamais elle ne s'était montrée aussi expressive en présence d'Annie, et celle-ci ne pouvait s'empêcher de penser que c'était un peu grâce à elle.

— J'avais quelques réserves, dit Annie avec calme, mais je dois reconnaître que vous avez accompli des miracles.

Catriona inclina la tête avec sa froideur coutumière, mais son expression dissimulait mal le plaisir que lui procuraient ces paroles de reconnaissance.

— Le but n'était pas de faire des miracles, répondit-elle de son habituel ton cassant, mais je suis fière d'avoir pu réaliser la vision de M. Accardi.

Et, même si leur échange s'arrêta là, Annie se sentit

rassurée. C'était comme si Catriona et elle venaient de conclure un accord tacite.

Elle avait presque oublié que le but de cela n'était pas du tout Catriona. L'important, c'était l'homme à qui tout cela était destiné. Annie avait fait son possible pour ne pas penser à lui pendant ces quelques jours. Malgré le fait qu'elle ait dormi dans sa maison, qu'elle ait rêvé de lui et qu'elle se soit réveillée dans un lit qui lui appartenait. Avant de passer des jours entiers à se préparer. Pour son bon plaisir...

Cela avait tout d'un sacrifice païen, à bien y réfléchir.

Elle s'enjoignit silencieusement de ne pas dramatiser la situation. Après tout, n'avait-il pas dit clairement qu'il ne voulait pas de relations physiques entre eux ? Du moins, pas comme elle l'entendait ?

*Si, et tu le sais bien*, songea-t-elle avec amertume, une fois que Catriona l'eut déposée à la maison, ce soir-là.

Le lendemain, Catriona la laissa marcher seule dans une rue pavée et sinueuse, vers le restaurant où elle devait enfin retrouver Tiziano Accardi.

Elle était plus élégante qu'elle ne l'avait jamais été, et heureuse qu'il se soit montré si clair le jour de leur rencontre. En fin de compte, cela l'arrangeait qu'un homme comme lui ne veuille rien savoir d'elle, ou presque. Pendant qu'ils joueraient tous deux la comédie, elle aurait l'occasion de vérifier s'il était aussi vil et malsain qu'elle l'avait toujours supposé.

C'est ce qu'Annie se répétait à chaque claquement de talons, dans cette rue chic où elle ne serait jamais venue de sa propre initiative. Elle ignorait même qu'il y avait un restaurant ici, car elle ne fréquentait guère les établissements du centre de Londres.

Celui-ci ressemblait à une vieille maison géorgienne rénovée au goût du jour. Elle s'attendait que la porte s'ouvre sur Tiziano Accardi qui lui souhaiterait la bienvenue dans l'une de ses nombreuses propriétés londoniennes !

Au lieu de cela, on la conduisit rapidement à travers la maison luxueusement aménagée jusqu'à un salon privé, où le maître d'hôtel souriant, mais distant, lui fit signe d'entrer.

Enfin, Annie le vit.

Tiziano Accardi était encore plus étonnamment beau, séduisant et viril que dans son souvenir, et les sacrifices qu'elle avait consentis pour se préparer à cette rencontre lui semblaient soudain prendre tout leur sens. Elle se sentait flattée d'avoir été choisie pour être sa maîtresse, ne serait-ce que sur le papier.

Il se tenait près d'une porte-fenêtre qui s'ouvrait sur le jardin en contrebas, et regardait dehors. Bien qu'elle fût certaine qu'il avait remarqué sa présence, il attendit que la porte se referme avant de se retourner.

Son regard incroyablement bleu rencontra enfin le sien, et elle sentit une douce chaleur se répandre en elle. Elle avait l'impression d'avoir rapetissé, tout à coup, et avait le souffle court. Mais, au lieu d'éprouver une sensation de malaise, elle était heureuse d'être de nouveau en sa présence. Tout simplement.

C'est à ce moment précis qu'Annie réalisa, avec un sentiment d'impuissance certain, qu'elle avait complètement sous-estimé la situation dans laquelle elle se trouvait.

# 4

Tiziano s'était préparé à trouver Annie changée, transformée même. À ce qu'elle soit irrésistible, qu'elle le surprenne. C'était ce qu'il avait demandé à son assistante, et il savait déjà que Catriona n'avait pas lésiné sur les moyens.

Mais la femme qui se tenait devant lui n'avait pas l'air bien dans sa peau.

La jeune assistante aux cheveux roux et aux yeux gris qu'il avait croisée dans la cage d'escalier était assez jolie, à sa manière. D'ailleurs, il devait bien avouer que si elle ne l'avait pas été, il ne lui aurait jamais fait la proposition qu'il lui avait faite. Il était ce qu'il était, après tout : un homme qui aimait les femmes...

Pourtant, Annie, qui se tenait devant lui en cet instant, faisait vibrer quelque chose au plus profond de lui.

Elle était lumineuse, presque éthérée, et il lui fallut fournir un gros effort de volonté pour rester près de la porte-fenêtre alors qu'un élan puissant le poussait vers elle. Il avait envie de glisser les mains dans son épaisse chevelure de feu, puis de l'enrouler autour de ses poings pour pouvoir piller à loisir sa jolie bouche généreuse.

Il voulait caresser tout son corps, vêtu à la perfection

d'une jupe moulante qui faisait de ses courbes un véritable chef-d'œuvre. Il voulait presser la bouche sur le miel d'or de sa peau jusqu'à ce qu'il en ait goûté chaque centimètre…

Son sexe était tendu, et son envie d'elle si forte qu'il se demanda s'il serait capable de garder les mains dans ses poches. Bon sang ! Il se comportait comme un adolescent stupide sous l'emprise de ses hormones.

Le silence s'éternisa entre eux, et il comprit ce qui était en train de se produire. Mais il semblait ne plus avoir accès au charme qui l'avait toujours si bien servi jusqu'à présent. Il avait plutôt l'impression qu'on lui avait asséné un coup de poing sur la tête. Ses oreilles bourdonnaient, et son cœur battait la chamade, ce qui ne faisait qu'attiser le feu qui l'habitait.

— Je suis désolée si la poupée qu'on vous a livrée n'est pas à votre goût, dit Annie d'un ton acerbe, teinté d'un léger accent du nord.

Il avait toujours eu un faible pour la beauté, et croyait que les femmes avaient été créées pour rendre les hommes fous. Il n'avait pas compris, jusqu'alors, que c'était ça qui lui avait manqué. Cet élan. Ce coup de fouet. Ce je-ne-sais-quoi qui vous faisait fondre.

*Elle.*

— Vous ferez l'affaire, répliqua-t-il.

Et il ne réalisa qu'après avoir prononcé ces mots qu'il ne l'avait fait rien que pour voir ses yeux briller comme en cet instant-là. Il s'en délectait, et voulait recommencer encore et encore.

Au lieu de cela, il se dirigea vers elle, lui prit le bras avec sollicitude et la conduisit vers la table, puis la fit asseoir devant le feu avec une grande solennité, avant de s'installer en face d'elle, sur une chaise.

Annie regarda autour d'elle, comme pour s'imprégner de l'élégance tranquille et discrète de leur environnement.

— J'ai du mal à savoir si nous sommes dans une maison particulière ou un restaurant.

— Un peu des deux, je suppose, répondit Tiziano, bêtement déçu de la banalité de cette conversation. C'est plutôt une sorte de club. Les hommes d'un certain... statut social y reçoivent des femmes depuis des siècles.

Elle sembla se détendre, même si ses yeux brillaient toujours.

— Des maîtresses, vous voulez dire, n'est-ce pas ? Pas leurs épouses. Ou n'importe quelle femme désireuse de se voir passer la bague au doigt, d'ailleurs.

— Certainement pas, répliqua Tiziano, retrouvant enfin son sourire. Nous sommes en Angleterre. En Italie, ces choses étaient plus faciles. Elles le sont encore, parce que les attentes sont différentes. Mais à Londres, des clubs comme celui-ci existent pour que les hommes puissent laisser leurs obligations à la porte et satisfaire leurs véritables besoins.

— Je n'aurais pas pensé que vous vous souciiez à ce point... d'intimité.

— Ce n'est pas le but de cette soirée, Annie. Ce n'est pas ce qui se passe ici. L'important, c'est ce qui se passera quand nous partirons.

— Serai-je poursuivie dans une ruelle par une meute de paparazzis ?

Elle frémit, comme si elle imaginait déjà la scène. Comme si Tiziano était la coqueluche du moment, en quête de ses quinze minutes de gloire.

— C'est l'un des nombreux avantages de votre existence, à ce qu'il paraît. Je ne peux pas dire que ça m'attire.

Tiziano s'adossa à sa chaise.

— Il n'y aura pas de photographes, ni de course-poursuite. Ce n'est pas le genre de cet établissement, car les paparazzis savent que s'ils prennent des clichés de ceux qui fréquentent cet endroit, ils n'obtiendront pas les autres photos, celles qu'ils veulent vraiment et qui font vendre leurs feuilles de chou. Pourtant, certains se cachent dans l'ombre et observent les allées et venues. Ils ne prendront peut-être pas de clichés, mais ils aiment savoir qui fréquente qui.

Il inclina la tête.

— Vous pouvez considérer cela comme une répétition générale, une façon d'apprivoiser votre nouveau rôle...

Lorsqu'on leur apporta leur repas, il se détendit, et s'amusa bien plus qu'il ne l'aurait dû dans ce qui n'était au fond qu'une réunion d'affaires comme les autres. Annie était bien plus intéressante qu'elle aurait dû l'être.

Il prenait plaisir à la voir apprécier chaque bouchée. Certes, la nourriture était excellente, mais aucune de celles qu'il avait amenées ici ne l'avait autant savourée.

On aurait dit qu'elle privilégiait le contenu de son assiette à... sa compagnie !

Peut-être était-ce vraiment la raison pour laquelle elle le captivait, songea-t-il quand, une fois le dessert achevé, le serveur déposa devant eux deux minuscules tasses d'expresso.

Il doutait d'avoir déjà pris un repas complet ici. En temps normal, il raccompagnait son invitée au beau milieu du dîner, impatient de goûter avec elle le plaisir qu'ils recherchaient tous deux.

Bizarrement, ce n'est pas ce qu'il souhaitait avec cette femme, du moins pas maintenant. Il était surpris de constater qu'il appréciait simplement de pouvoir la regarder manger, boire, sourire...

Avait-il jamais appris, ou avait-il trop vite oublié, à apprécier comme elle le faisait les plaisirs simples ? Soudain, il était fasciné par cette femme qui lui avait paru si coincée, si froide, lors de leur première rencontre. Ce soir-là, elle se montrait libre et spontanée, et il se surprenait à guetter ses réactions.

À quand remontait la dernière fois qu'il avait partagé un moment aussi agréable avec quelqu'un ? L'avait-il seulement jamais fait, ou était-ce une des nombreuses choses qui avaient disparu avec son enfance ?

Il n'aimait pas songer au passé.

— J'espère que vous appréciez la maison de Hampstead, s'entendit-il dire, rompant le silence qui s'était installé entre eux.

Encore une chose qui distinguait Annie des femmes qu'il avait l'habitude de fréquenter : elle ne faisait aucun effort pour entretenir la conversation, ou capter son attention ! Elle savourait son repas sans paraître se soucier le moins du monde de sa présence.

Non qu'il trouvât cela... rafraîchissant, ce n'était pas le bon mot. Mais c'était une nouveauté, et il avait envie de l'explorer. Ou plutôt, de l'explorer, elle. Il n'avait pas pensé à ce rendez-vous de toute la semaine. Il avait préparé le terrain avec son frère et voulait mener sa petite guerre avant qu'Ago se comporte comme un seigneur féodal et décide de son avenir sans le consulter.

Il ne s'attendait pas à être à ce point troublé par la vue de cette secrétaire déguisée en maîtresse.

— Oui, c'est une belle maison, dit-elle, et les gens qui y travaillent sont charmants. Pour être honnête, je suis un peu surprise.

— Que je possède une maison ? *Cara !* Mon portefeuille immobilier est large et varié, vous savez...

— Non, le corrigea-t-elle. Que votre personnel vous soit loyal.

À cet instant, il revit la jeune femme qu'il avait vue pour la première fois dans cette cage d'escalier, sous une pluie de papiers. L'étincelle était là, dans ses yeux, et semblait faire briller aussi les siens.

— Désolé de vous décevoir.

— Je ne dirais pas que c'est une déception, précisa-t-elle en rougissant légèrement.

Elle se redressa pour chasser son trouble, et lança :

— Bon, alors... dites-moi tout. Comment les choses vont-elles se passer ?

— Je ne vais pas tout vous dévoiler, répondit-il avec un sourire qu'il espérait irrésistible. Il faut qu'il y ait un peu de suspense, tout de même !

— Parce que vous voulez impressionner la petite provinciale que je suis, me sortir le grand jeu ? dit-elle avec un accent du Nord plus prononcé encore que d'ordinaire.

— Possible..., murmura Tiziano. Nous verrons. Mais il ne faut pas non plus trop laisser faire le hasard sous peine de nous laisser surprendre.

Son regard gris se figea soudain.

— Surprendre... comment cela ?

— Nous assisterons à un grand nombre d'événements ennuyeux mais incontournables, dit Tiziano en haussant les épaules d'un air résigné. Mais nous improviserons en fonction de ce qui se passe entre nous, de la complicité dont nous ferons preuve – ou pas – en public.

— Pensez-vous que nous aurons une complicité ?

— Oui.

Et puis, cédant à un élan qu'il aurait dû réprimer, il se pencha plus près. Elle n'était pas comme les autres femmes qu'il connaissait, et l'intérêt d'en faire sa maîtresse n'était pas de la traiter comme une de ces femmes.

Il le savait. Avec certitude.

Il le savait, mais il n'arrivait pas à se contrôler.

Il se surprit à lui demander : « On s'entraîne ? » tout en sachant pertinemment qu'il n'aurait pas dû le faire.

Tiziano s'attendait qu'elle ait un mouvement de recul, ou même qu'elle se lève, furieuse. Parce que ce n'était pas du tout ce qu'ils étaient convenus. Certes, il aimait bien se donner en spectacle, mais il avait l'intention de le faire en douceur.

Mais elle ne réagit pas du tout comme il l'attendait. Au lieu de cela, elle appuya les coudes sur la table et posa le menton dans ses mains. Puis elle le regarda, la tête légèrement inclinée.

— Vous voulez... qu'on s'embrasse ? demanda-t-elle, comme si elle avait déjà beaucoup réfléchi à la question. Oui, ce n'est pas une mauvaise idée.

Tiziano n'était pas préparé à la réaction de son corps, et dut se forcer une fois de plus à se rappeler qu'il avait passé le cap de l'adolescence.

Il prit son temps pour l'observer, pour évaluer la meilleure façon de procéder, sachant qu'il ne pouvait pas faire confiance à ses propres réactions.

Il en savait beaucoup sur Annie Meeks. Le questionnaire

exhaustif que Catriona lui avait soumis couvrait tous les domaines possibles.

Il n'avait pas besoin de lui demander d'où elle venait, car il le savait. Elle avait été élevée dans le Nord, dans l'une de ces villes du Yorkshire qui n'étaient autrefois guère plus qu'une usine textile, toute de brique et de morosité. Ses parents avaient été tués dans un accident de bateau lorsqu'elle et sa sœur étaient jeunes, les laissant à la garde d'une tante. Il y avait bien eu une grand-mère, très aimante, mais elle était décédée quelques années auparavant. La sœur d'Annie, de trois ans sa cadette, était partie pour l'Australie presque deux ans plus tôt. Roxy était une fêtarde, contrairement à Annie, qui avait passé son année de césure à faire un stage dans un musée d'art à Leeds tout en travaillant comme serveuse. Ensuite, elle s'était inscrite à l'université de Londres dans un cursus d'histoire de l'art, mais avait abandonné ses études pour travailler comme assistante chez Accardi Industries.

Mais il savait plus que cela. Il savait que sa sœur avait volé la carte de crédit d'Annie et usurpé son identité pour accumuler d'énormes dettes. Ou plutôt, le genre de dettes qu'une femme comme Annie considérait comme énormes. Il les avait épongées plus tôt dans la semaine.

Il l'étudia à la lumière des bougies. Elle était encore plus belle et mystérieuse qu'il aurait pu l'imaginer, avec un petit air innocent auquel il était difficile de résister.

C'est là-dessus que Tiziano avait misé, sans prévoir qu'il y serait lui aussi sensible. Le rapport de Catriona ne mentionnait pas d'ex-petit ami sérieux, et à part quelques flirts de jeunesse, Annie Meeks n'avait pas connu d'hommes.

Cela signifiait-il qu'elle était… vierge, aussi incroyable que cela puisse paraître ?

Quand elle prit la parole, il se rendit compte qu'il s'était perdu dans son regard acier, laissant le silence s'étirer entre eux.

— Je ne sais pas si vous avez vraiment besoin d'entraînement, dit Annie, car je crois savoir que votre expérience est assez vaste dans le domaine…

Tiziano éclata de rire.

— J'ai certaines exigences, répliqua-t-il.

L'avait-elle offensé en évoquant ses nombreuses conquêtes, lui qui ne s'offusquait pourtant de rien ?

— Je suis d'ailleurs plus exigeant que ce que certains peuvent imaginer, ajouta-t-il avec un sourire apaisant. Quelqu'un vous a-t-il… fait des confidences à ce propos ?

Machinalement, Tiziano lissa le devant de son costume, comme s'il voulait attirer l'attention de sa compagne sur son ventre qu'on devinait musclé sous sa chemise. Se pouvait-il qu'il tente de… séduire cette femme ?

Annie suivit le mouvement de sa main, puis planta son regard dans le sien.

— J'aurais pensé qu'un homme aussi à l'aise que vous n'aurait pas peur d'un simple petit baiser.

Les dossiers qu'il faisait préparer par Catriona lui avaient toujours semblé suffisants, mais le cas d'Annie était différent. Il se fichait de tout savoir de sa vie. Ce qu'il voulait, c'était lire dans ses pensées. Hélas ! il n'avait aucune idée de ce qu'elle pouvait penser.

— Contrairement à vous, si j'ai bien compris ? répliqua-t-il d'un ton qu'il espérait léger.

Au lieu de se renfrogner, elle éclata d'un rire frais et

doux à la fois qui lui réchauffa le cœur. Soudain il lui sembla qu'une digue venait de se rompre en lui.

— J'ai vu des photos de vous en galante compagnie, lui dit-elle. Je n'aurais pas pu l'éviter, même si je l'avais voulu. Parfois, on vous voit embrasser votre cavalière, parfois non, mais la dernière chose que je voudrais, c'est avoir l'air d'une gourde sur des photos que le monde entier verra. Mieux vaut prévenir que guérir, vous ne trouvez pas ?

— Pas toujours, se surprit-il à répondre, légèrement mal à l'aise. Sinon, je ne pense pas que vous seriez ici.

Annie rit de nouveau, avant de se lever, lui révélant une fois de plus ses formes étourdissantes. Plus que jamais, il dut résister à l'envie de poser les mains sur ses hanches généreuses et de prendre son dû.

Il se leva à son tour et, d'un geste de la main, lui fit signe d'approcher, tout en se félicitant d'avoir choisi une femme si différente de celles qu'il avait l'habitude d'exhiber. Une femme qui ne manquerait pas de captiver tout le monde, par son originalité et son charme uniques. Pas du tout le genre que les gens s'attendaient à voir à son bras. Ils ne pourraient pas détourner les yeux d'elle. Ils croiraient qu'il était tombé amoureux d'elle dès le premier regard – et comment le lui reprocher ? Ce n'est pas pour rien qu'il était considéré comme un génie du marketing.

Annie se rapprocha. Puis elle resta immobile, à le regarder, et ce n'est qu'à ce moment-là qu'il nota la teinte rosie de ses joues, le léger écarquillement de ses yeux gris.

— Un baiser, un seul, pour nous entraîner, dit-il en s'efforçant de dompter le triomphe qui perçait dans sa voix.

Le fait qu'elle tente de réprimer un frisson l'excita davantage encore, et il aperçut ses tétons, saillants sous son chemisier léger.

Tiziano plaqua un sourire sur ses lèvres.

— Approchez-vous...

—... dit l'araignée à la mouche, acheva-t-elle.

Elle rit de nouveau, mais d'un rire plus crispé, cette fois, presque tremblant.

Tiziano se pencha vers elle et tendit les mains vers son visage qu'il prit en coupe. Puis, sans lâcher son regard, il posa la bouche sur la sienne en un baiser presque amical.

Jamais il n'avait fait preuve d'autant de délicatesse pour embrasser une femme, songea-t-il. Mais Annie n'était pas n'importe quelle femme, et ce baiser n'avait rien d'ordinaire. C'est pourquoi il ne céda pas à cette force étrange, qui grondait en lui et lui dictait de l'attirer plus près. D'enrouler les bras autour d'elle et de presser sa virilité contre ses hanches rondes...

Il n'approfondit pas ce baiser comme il l'aurait fait avec une autre, pour s'offrir un avant-goût et les rendre tous deux fous de désir. Au lieu de cela, il s'écarta, songeant que c'était le genre de baiser qui pourrait faire la une d'un tabloïd.

Mais une fois de plus, Tiziano n'était pas préparé à la réaction de son propre corps. Car le simple contact des lèvres d'Annie contre les siennes avait fait naître en lui une étrange chaleur, une sensation de douleur sourde. Son cœur battait à tout rompre, et il dut prendre une profonde inspiration pour tenter de calmer son rythme effréné.

Il laissa retomber les mains et lui sourit. À sa grande surprise, il la vit cligner des yeux à plusieurs reprises, et vu l'expression de son visage, l'expérience qu'elle venait de vivre ne lui avait pas vraiment plu.

— Eh bien, dit-elle, s'excusant presque, c'est un peu décevant, n'est-ce pas ?

Sidéré, il la regarda.

— Pardon ?

— On m'a déjà embrassée, bien sûr, lui dit-elle à voix basse, et c'était... assez banal, comme cette fois-ci. Le simple contact de deux épidermes. Avec tout ce qu'on dit sur Tiziano Accardi, le plus grand play-boy de sa génération...

Seigneur ! Elle était *vraiment* déçue.

C'était insupportable.

Sans réfléchir, il l'attira à lui, une main posée sur sa nuque. Son corps se lova contre le sien, et il la sentit faiblir, avant de laisser échapper un léger gémissement de surprise. Alors, il se pencha et prit sa bouche comme il rêvait de le faire depuis longtemps.

Ce baiser fut dévastateur.

Tiziano la goûta, l'embrassa encore et encore, saisissant cette occasion pour glisser les mains dans ses cheveux de feu.

Il l'embrassa jusqu'à ce que la flamme qui grandissait en lui soit si forte qu'il était certain qu'elle s'y brûlerait. Il l'embrassa jusqu'à ce qu'elle frémisse dans ses bras, son corps doux contre le sien, son souffle fort et rapide. Comme s'il n'y avait pas de lendemain.

Et ce n'est que lorsqu'il fut sur le point de la plaquer contre le mur pour la prendre sans ménagement et la faire enfin sienne qu'il s'arrêta.

Au prix d'un incroyable effort de volonté.

Il s'écarta d'elle, en songeant que jamais sa maîtrise n'avait été autant mise à l'épreuve.

Rougissante, elle regarda autour d'elle, semblant lutter pour retrouver son équilibre. Ce n'est qu'alors qu'elle s'éloigna franchement, et mit la distance nécessaire entre eux.

En vain, hélas ! Il avait le goût de sa bouche dans la sienne, et son envie d'elle lui faisait presque mal.

Annie le dévisageait, et il prit cela comme une victoire. Car cette fois elle semblait n'avoir aucun commentaire à faire. Ses yeux écarquillés exprimaient assez clairement sa satisfaction.

Mais le geste qui la trahit fut la main tremblante qu'elle leva pour presser la pulpe de ses doigts sur ses lèvres...

S'il avait été un homme meilleur, un saint ou un martyr, il n'en aurait peut-être pas tiré une telle satisfaction.

Heureusement, Tiziano n'avait jamais vraiment fait semblant d'être ce qu'il n'était pas, à part, peut-être, l'espace d'un instant. Ici même, avec elle...

Il s'efforça d'avoir l'air détendu, insouciant, fidèle à l'image qu'il aimait à donner de lui : Tiziano Accardi, l'éternel séducteur...

Il était essentiel que cette femme, plus que toute autre, comprenne bien qui il était.

Parce qu'elle était la première, et la seule femme susceptible de démasquer sa supercherie, menaçant un équilibre qu'il avait de plus en plus de mal à maintenir, murmura une petite voix au fond de lui.

Il chassa cette pensée gênante d'un geste de la main.

— Tiziano...

Elle avait chuchoté son prénom, comme une malédiction. Ou une prière...

— J'espère que j'ai réussi à dissiper vos inquiétudes, Annie, dit-il alors.

— Oui, répondit-elle avec douceur. J'ai trouvé cet entraînement très concluant, et je pense que vous ferez très bien le job, vous aussi.

*Faire le job !*

C'était presque une insulte, et il était trop blessé pour affronter son regard.

— Je suis ravi que ce soit validé, répondit-il, utilisant délibérément un registre semblable au sien.

Il lui fallut bien plus d'efforts que d'habitude pour se donner l'air nonchalant qu'il affectionnait, et il dut prendre sur lui pour esquisser un sourire suffisant.

Puis son sourire se fit langoureux, et à la façon dont Annie se raidit soudain, il comprit qu'elle avait vu l'étincelle qui brillait dans ses yeux. Il ne fit pas grand-chose pour la cacher.

— Et ne t'inquiète pas, *cara*, ajouta-t-il, passant délibérément au tutoiement. Personne ne remarquera que tu manques cruellement d'expérience.

# 5

Embrasser Tiziano avait été une terrible erreur.

Et pas parce qu'il avait compris qu'elle avait besoin d'entraînement – ce qu'elle n'aurait jamais dû lui laisser deviner. Annie savait qu'elle n'aurait pas dû se moquer de cet homme. Elle ne savait même pas pourquoi elle l'avait fait. Ce simple baiser aurait dû l'alerter, pourtant. Elle n'avait aucune idée du démon qui s'était insinué en elle et l'avait poussée à le défier comme elle l'avait fait.

Le premier baiser n'avait pas été très passionné, c'était une évidence. Mais le doux contact des lèvres de Tiziano sur les siennes avait effacé tous les souvenirs de son adolescence.

Car tous les baisers qu'elle avait reçus auparavant étaient maladroits en comparaison de celui-ci, fût-il bref et timide.

Elle avait beaucoup lu au sujet de Tiziano Accardi. Et avait vu beaucoup de photos. Chouchou des tabloïds, il s'était affiché avec un nombre incalculable de femmes superbes, qu'il couvait d'un regard satisfait. Les baisers qu'il leur donnait n'avaient sans doute rien à voir avec le geste à peine esquissé qu'il avait fait avec elle, ce soir-là.

Ce qui ne voulait pas dire qu'elle n'avait rien ressenti.

Au contraire, cette bouche ferme pressée contre la sienne lui avait fait beaucoup d'effet. Et c'était peut-être à cause de cela, et parce qu'elle le savait capable de tellement plus, qu'elle l'avait poussé dans ses retranchements. Elle avait l'impression de ne pas avoir eu le choix, et cela l'effrayait.

Trois jours plus tard, elle était encore sous le choc.

La soirée s'était terminée peu après leur baiser, à son grand soulagement. Elle avait été surprise d'être encore capable de parler. Ou de penser. Il l'avait poussée doucement vers la sortie, puis l'avait raccompagnée dans l'une de ses élégantes voitures de sport, se montrant plus attentif à sa présence que jamais auparavant.

Tiziano s'était amusé à jouer les amoureux transis, se disait-elle. Et même si elle savait très bien que c'était un jeu, c'était redoutablement efficace. Le souffle coupé, elle avait dû se rendre à l'évidence : cet homme exaspérant la faisait littéralement fondre.

— Nous avons été repérés, comme vous l'espériez ? avait-elle demandé alors qu'ils traversaient Londres, Tiziano contrôlant sa puissante berline aussi facilement qu'il la contrôlait, elle.

Une pensée qui l'avait fait frémir au plus profond de son être.

— Je suis certain que nous avons été vus, oui, avait-il répondu, si sûr de lui qu'elle s'était demandé s'il n'avait pas lui-même convoqué la presse.

Il lui avait jeté un coup d'œil, puis avait de nouveau fixé son regard sur la route. Alors qu'elle s'était attendue qu'il lance une discussion, il n'avait pas lâché une parole pendant le reste du trajet jusqu'à Hampstead. Une fois arrivé, il l'avait escortée jusqu'à sa porte avant de la saluer d'un bref signe de tête et de tourner les talons.

Il était sans doute coutumier du fait, avait-elle songé, tout en se félicitant de ne pas avoir à vivre sous le même toit que lui. Elle n'était pas sûre qu'elle aurait apprécié qu'il reçoive d'autres femmes en sa présence...

Pourtant, elle n'avait même pas réussi à lui en vouloir, incapable de penser à autre chose qu'au baiser ravageur qu'il lui avait donné.

Pendant les jours qui suivirent, elle attendit avec impatience leur rendez-vous à venir. Il arriva enfin, et elle se rendit à une adresse qu'elle supposait être celle de la garçonnière qu'elle cherchait précisément à éviter. Catriona l'avait auparavant confiée à quelques assistants qui, avait-elle dit, seraient dorénavant chargés de l'habiller en vue des soirées auxquelles elle devrait assister avec Tiziano. Annie avait été quelque peu déconcertée.

Il avait fallu à ces assistants des heures entières pour choisir la robe qu'elle portait, après d'innombrables essayages. Un fourreau bleu nuit décolleté dans le dos. Beaucoup trop, à son goût.

Sa coiffure aussi avait subi quelques changements, et ses cheveux étaient désormais noués en une sorte de chignon original, à la fois sophistiqué et bohème. Ses yeux étaient maquillés, et elle reconnaissait à peine la femme qu'elle voyait dans le miroir qui lui faisait face, seul élément de décoration de cette pièce à l'aménagement plutôt spartiate.

Annie prit une profonde inspiration et s'enjoignit de

cesser de penser à la bouche de Tiziano sur la sienne, à sa langue, à ses mains l'attirant à lui et faisant naître une chaleur intense au plus profond d'elle-même...

Un léger bruit la fit sursauter, et elle tourna la tête.

Comme surgi de nulle part, Tiziano se tenait là. Tout en lui était sombre, à l'exception de son regard bleu, qui la hantait depuis leur dernière rencontre.

— Que diable fais-tu ici, dans l'entrée ? demanda-t-il avec cet étonnement un peu hautain dont il était coutumier.

— Je t'attends, réussit-elle à dire d'un ton calme.

— Tu es censée jouer le rôle de ma maîtresse, pas de ma domestique !

De nouveau, elle perçut cette lueur dans son regard, et une tension presque palpable s'installa entre eux.

— Les maîtresses ne rôdent pas dans les couloirs comme des servantes, *cara*. J'ai cru que tu étais bloquée dans les bouchons, jusqu'à ce que j'apprenne qu'on t'avait déposée ici il y a un quart d'heure.

— Déposée ? répéta Annie. Je ne dirais pas cela. Je suis entrée ici presque clandestinement. J'ai plutôt eu l'impression qu'on m'enlevait ! On m'a jeté un manteau sur la tête avant de me faire passer par l'entrée de service !

— Cette existence glamour ne te convient pas ? demanda-t-il avec une ironie douce-amère. C'est dommage, car il est de bon ton de se faufiler sous les portes cochères, de dissimuler son identité et de garder le mystère sur ses allées et venues.

— C'est à cause des tabloïds, c'est ça ? demanda Annie avec une grimace. N'est-ce pas un peu étrange que, avec tout ton argent et tout ton pouvoir, tu sois encore à la merci d'une poignée de photographes en planque ?

Il la regarda intensément.

— Ma compagnie est généralement considérée comme une compensation plus que suffisante pour tous les inconvénients subis.

Annie se sentit soudain devant lui comme une écolière prise en faute. Pour éviter de se sentir plus mal à l'aise encore, elle croisa les bras et lui sourit.

Peut-être avec un brin de condescendance, pour être tout à fait honnête. Parce qu'il l'avait mérité.

— Je suis sûre que ta compagnie est délicieuse, dit-elle avec une ironie non dissimulée, savourant le plaisir de le voir écarquiller ses beaux yeux bleus. Mais je me demande pourquoi tu ne payes pas pour te débarrasser des importuns. Tu en as pourtant les moyens, non ?

Il se contenta de la fixer comme s'il se demandait comment réagir, et elle prit cela pour un encouragement.

— Si tu étais un acteur ou une star du rock, par exemple, poursuivit-elle, je comprendrais que tu aies besoin de publicité. Mais tu es un Accardi, et tu as déjà tout ce dont tu peux avoir besoin, et même davantage. C'est pourquoi je ne peux que supposer que tu aimes jouer à cache-cache.

Il cligna plusieurs fois des yeux, et elle se félicita d'avoir réussi à le faire réagir.

— Ces derniers temps, tu as passé plus de temps que moi à te soucier des paparazzis, répondit-il, d'un ton à la fois léger et ferme. Il n'est pas toujours nécessaire de se faufiler par les entrées de service. Je ne le fais que lorsque je ne veux pas être dérangé.

Il haussa les sourcils, puis posa sur elle un regard suffisant.

— Parce que c'est moi qui décide, *cara*, ne l'oublie

jamais ! C'est mon histoire, et c'est toujours la version que je souhaite qui sera racontée aux curieux.

— C'est vrai que tu aimes bien raconter des histoires, répliqua-t-elle d'un ton vif. Je m'en souviendrai.

Comme il éclatait de rire, Annie se demanda si elle avait imaginé la lueur de colère qu'elle avait vue dans ses yeux.

Il la prit par le bras.

— Viens... Cette fois, nous sortirons par la porte principale. Il faudra t'habituer à la foule et aux flashs, de toute façon. L'astuce consiste à ne jamais regarder quelqu'un en face, quelqu'un qui t'interpelle, quel que soit ce qu'il te demande. Sinon, tu seras aveuglée et désorientée, et il profitera de ta faiblesse...

— De mieux en mieux ! lança Annie, sarcastique, tandis que Tiziano posait une main sur ses reins pour la guider hors de l'appartement.

*Ce n'est pas un rendez—vous galant. Il ne me traite pas ainsi parce qu'il veut me séduire...*

Annie se répétait ces phrases comme un mantra, dans l'ascenseur privé qui les conduisait au rez-de-chaussée. À travers la porte vitrée, elle distinguait la foule qui avait envahi l'entrée.

— Haut les cœurs ! murmura Tiziano.

Annie s'efforça de se concentrer sur la sensation de sa paume au creux de son dos.

Sa peau contre la sienne faisait naître en elle un étrange frisson, et elle eut soudain l'impression que ses jambes allaient se dérober.

Mais elle n'eut pas le temps de savourer cette merveilleuse

sensation. Au lieu de cela, elle allait devoir se frayer un chemin à travers cette foule en délire à côté de Tiziano, en faisant de son mieux pour ne pas trébucher avec ses talons hauts et ne pas trahir son anxiété.

Lorsque le portier s'effaça pour les laisser sortir de l'ascenseur, ils se retrouvèrent au cœur de l'action. C'était un véritable chaos, et si Tiziano ne l'avait pas retenue, Annie aurait couru se réfugier dans un endroit clos. Elle n'y aurait pas réfléchi à deux fois.

Il n'y avait pas que les cris, hélas ! Les lumières des flashs l'aveuglaient, et il lui fallut un moment avant de se rappeler ce que Tiziano lui avait dit : pour oublier ces éclairs incessants, il ne fallait pas les regarder en face.

Mais il était déjà trop tard. Impressionnée, elle n'eut pas d'autre choix que de s'en remettre entièrement à son compagnon, qui la guida sans difficulté jusqu'à la voiture garée au bord du trottoir.

Elle s'engouffra à l'intérieur, puis vit Tiziano s'y glisser juste derrière elle. À peine étaient-ils tous deux assis que des coups furent frappés sur les vitres, mais aussi à l'arrière et à l'avant de la voiture. Le vacarme était assourdissant, et Annie, la tête baissée, retint son souffle.

La voiture s'éloigna du trottoir, lentement d'abord, puis plus vite, et Annie se détendit à mesure qu'ils s'éloignaient. Elle pensa alors à tous les tabloïds qu'elle avait feuilletés au cours de sa vie. Toutes ces photos... Avaient-elles toutes été prises de cette manière ? Les gens traqués comme des animaux ? C'était tout simplement horrible !

— Tu as raison, dit alors Tiziano, interrompant le fil de ses pensées. C'est vraiment pénible.

Au prix d'un immense effort, elle tourna la tête et le regarda. Avait-elle parlé à voix haute ?

— Cela fait longtemps que je n'ai pas prêté attention à ce genre de choses, reprit Tiziano. Je crains qu'on ne s'habitue à tout.

Annie déglutit avec peine, puis porta machinalement la main à son cœur, qui tambourinait comme un fou.

— Ce que je n'arrive pas à imaginer, c'est qu'on recherche ce genre d'attention. C'est un cauchemar, pourtant.

L'expression de Tiziano s'assombrit.

— La notoriété est un bien précieux, *cara*, et il faut l'entretenir sans la ruiner. Ma famille est riche, *sicuramente*, mais la perception qu'ont les gens de la fortune des Accardi dépasse de loin nos avoirs réels.

Sa bouche s'étira en un sourire diabolique.

— Car j'ai beau être un play-boy peu recommandable, c'est ma notoriété, tout autant que mon argent, qui m'ouvre certaines portes.

— Tu pourrais décider de ne pas jouer le jeu, et refuser ce genre de manœuvres.

Alors même qu'elle parlait, Annie sentit tout son corps se détendre, envahi par une délicieuse sensation de soulagement. Comme si elle avait subi une agression et se rendait compte seulement alors qu'elle avait survécu.

— Toutes les personnes riches ne font pas la une de la presse à scandale.

— Il y a des arguments pour et contre. Mon frère préférerait que le nom d'Accardi n'apparaisse jamais dans les journaux, à moins qu'il ne s'agisse de vanter notre réussite en affaires et de promouvoir nos projets. Mais bon nombre des contrats dont nous bénéficions nous ont été proposés grâce à la réputation que j'entretiens et qu'il déteste tant.

Tiziano balaya tout cela d'un revers de la main, et elle lui sourit, comme pour en finir avec ce sujet.

— On m'a dit que nous allions à une sorte de première, c'est bien ça ?

— Oui, nous allons voir un film, dit-il nonchalamment. Quand on investit dans le cinéma, on n'est pas un vulgaire actionnaire, vois-tu, mais un producteur. Et on a l'honneur de figurer au générique. Je suis donc un grand mécène, entre autres...

— C'est pour cela que tu aimes sortir avec des actrices ?

Comme il ne daignait pas répondre, elle poursuivit :

— Cela signifie-t-il qu'il y aura des célébrités, ce soir ?

Il rit, de ce rire chaleureux qui emplit l'habitacle.

— Je ne pensais pas que tu t'intéressais à ce genre de futilités. Si c'est le cas, tu risques d'être déçue : les gens célèbres n'ont que peu d'intérêt, dans l'ensemble.

— Y compris toi ? osa-t-elle.

Sa récompense fut de voir sa bouche s'étirer en un léger sourire.

— Surtout moi !

— J'appréhende un peu de devoir marcher sur un tapis rouge, dit-elle. Et détrompe-toi : les gens célèbres ne m'ont jamais vraiment passionnée.

— Sauf moi, bien sûr. Sur qui tu as lu beaucoup de choses !

Annie baissa légèrement les yeux.

— Simple obligation professionnelle, en quelque sorte.

Allongée dans son lit, ce soir-là, ce n'est pas les paparazzis qu'Annie se remémorait. Ni même les journalistes dits officiels qui avaient crié le nom de Tiziano lorsqu'il s'était avancé avec elle sur le fameux tapis rouge. Ce n'était pas non plus le film qu'ils avaient vu, et dont elle aurait été bien incapable de faire un résumé, tant elle était obnubilée par l'homme merveilleux assis à côté d'elle, dans l'obscurité. La fête à laquelle ils étaient allés ensuite, où chaque visage était connu, ne l'avait guère enthousiasmée non plus.

Tout cela, elle l'avait presque oublié, ne conservant que le souvenir de leur trajet retour, à bord de la luxueuse berline qui glissait dans les rues de Londres.

Il lui semblait entendre encore le rire chaleureux de Tiziano, et les images de cette soirée l'empêchèrent de dormir pendant une bonne partie de la nuit.

La bonne nouvelle, c'était que son « travail » consistant à s'afficher comme la maîtresse de Tiziano Accardi se faisait essentiellement la nuit. Quelle que soit l'heure à laquelle ils rentraient, très souvent à l'aube, il n'exigeait rien d'elle jusqu'au lendemain soir.

— Je n'avais pas vraiment compris que les personnes célèbres étaient en réalité des vampires, lâcha-t-elle un soir, alors qu'elle somnolait à moitié dans la voiture, enveloppée dans une élégante étole en cachemire si grande qu'elle aurait pu s'en servir comme d'une couverture.

La voix chaude de Tiziano résonna dans l'habitacle.

— Tu ne crois pas si bien dire, répondit-il.

Après une semaine de luxe excessif et de sorties, elle se rendait compte qu'elle devait prendre davantage soin d'elle, physiquement. Non seulement parce qu'elle devait faire honneur à Tiziano en portant avec classe sa nouvelle garde-robe censée la mettre en valeur, mais aussi parce que cette vie d'oisiveté la rendait un peu paresseuse.

Si elle ne pouvait plus travailler, étudier ou peindre comme avant, elle pouvait au moins bouger. La vaste maison comptait de nombreuses pièces, dont une salle de gymnastique équipée d'appareils de fitness : vélos stationnaires, rameurs, cardio-trainers. Il y avait aussi un espace dédié à la musculation.

Mais Annie avait découvert qu'elle préférait la piscine. Parce qu'il n'y avait pas de miroirs ni de personnel pour la surveiller. Parce qu'elle pouvait plonger dans l'eau toujours tiède, et nager comme elle l'entendait pour tenter d'évacuer le stress.

Nager lui rappelait les voyages au bord de la mer qu'elle et Roxy faisaient quand elles étaient petites et que leurs parents étaient encore en vie. Ils louaient une caravane, mangeaient des sandwichs sur des plages froides et grelottaient sous les inévitables pluies d'été. Les deux fillettes avaient appris à nager dans l'un des parcs de loisirs préférés de leurs parents.

Pendant qu'Annie nageait, il lui était facile de ne se rappeler que les bonnes choses : Roxy et elle, blotties dans des lits superposés, gloussant jusque tard dans la nuit d'été. Elles, se poursuivant le long de la plage grise, se racontant qu'elles pourraient nager jusqu'au Danemark, si elles le voulaient. Leur grand-mère venait parfois passer quelques jours avec elles et leur racontait des histoires de sirènes chantant pour attirer les bateaux, dans la mer du Nord, et de selkies prenant le soleil sur les rochers.

Annie se souvenait aussi de sa mère, qui leur faisait la lecture sur un petit canapé, pendant les longues soirées d'été. Roxy et elle prenaient place de chaque côté d'elle, une épaule chacune, tandis que leurs yeux s'alourdissaient et que leurs doigts poisseux semblaient collés à leurs joues.

Elle se rappelait son père qui leur avait appris à danser, les soutenant chacune sur un pied alors qu'il tournoyait dans l'espace réduit de la caravane, tandis que sa mère faisait frire des saucisses et que la radio passait des chansons joyeuses.

Annie en connaissait encore toutes les paroles, et elle les fredonnait dans sa tête en nageant dans cette piscine, alors que la pluie de novembre s'abattait en trombes sur les parois vitrées. Elle enchaînait les longueurs et, une fois qu'elle avait épuisé son répertoire, elle recommençait, jusqu'à ce qu'elle ait recouvré son calme.

Elle appréciait cette sérénité, cette liberté de manœuvre dont elle était privée quand elle était avec Tiziano. On choisissait ses tenues pour elle, et c'était une équipe d'assistants qui décidaient de sa coiffure, de son maquillage. On ne lui demandait jamais ce qu'elle en pensait.

Parfois, elle se sentait un peu claustrophobe, coincée dans son fauteuil avec tous ces gens qui tournaient autour d'elle comme si elle n'était rien d'autre qu'un mannequin de cire. Mais dans la piscine, elle se ressourçait, savourant le calme avant la tempête…

Car le plan de Tiziano fonctionnait exactement comme il l'avait prévu.

Au début, les photos qui paraissaient dans la presse ne montraient que lui, et les articles ne faisaient mention que d'une « amie » qui l'accompagnait. Personne ne lui avait demandé son nom, et Tiziano ne l'avait pas indiqué.

Mais lorsque novembre céda la place à décembre, Tiziano lui proposa de prolonger son « contrat », et commença à l'emmener dans des restaurants plus chics et sélects que ceux qu'ils avaient fréquentés jusque-là, uniquement pour être vus de personnes bien précises.

Cette semaine-là, on publia des clichés d'eux en train de dîner aux chandelles, ou de boire un verre en toute intimité dans des bars où elle n'avait jamais osé mettre les pieds seule.

*Qui est la mystérieuse compagne de Tiziano ?*

À la suite de ce titre qui avait fait la une d'un célèbre tabloïd, les théories les plus folles s'étaient multipliées sur Internet. Mais ce n'est qu'à l'occasion d'un vernissage, la première semaine de décembre, qu'Annie commença à comprendre ce que faisait Tiziano.

La soirée commença comme d'habitude. Elle se présenta à ses assistants dans le fauteuil qui occupait désormais une place de choix dans sa suite, qui n'était elle-même plus qu'une extension du dressing contenant sa nouvelle garde-robe. Après avoir été coiffée et maquillée à la perfection, puis emballée dans sa robe du jour, elle fut placée dans une voiture et livrée à Tiziano.

Ce soir-là, quand la voiture s'arrêta devant le siège d'Accardi Industries, Annie songea un instant à pénétrer dans l'immeuble et à se rendre dans son ancien bureau, habillée comme la reine du bal.

Cette idée saugrenue la fit rire en silence. Qui la reconnaîtrait ? Son supérieur ne l'avait jamais vraiment regardée en face, et aucune des autres assistantes qu'elle avait rencontrées n'aurait osé s'adresser à une femme habillée comme elle l'était maintenant.

Mais elle ne put le vérifier, car Tiziano se glissa près d'elle, sur la banquette arrière, et la dévora des yeux, à tel point qu'elle ne put s'empêcher de s'imaginer ses mains sur son corps...

Annie se sentit rougir sous son regard et eut l'impression qu'il avait deviné les pensées qui la tourmentaient.

Si c'était le cas, il n'en révéla rien. Durant leurs trajets en voiture, il se laissait parfois aller à ce qu'elle appelait des taquineries. Il lui posait des questions embarrassantes, indiscrètes... et toujours déplacées. Au début, elle s'était sentie offensée, jusqu'à ce qu'elle se rende compte que c'était exactement ce qu'il cherchait.

Mais il n'était pas le seul à pouvoir jouer, et Annie avait décidé qu'elle répondrait à chacune de ses questions en toute sérénité.

Ce soir-là, il l'emmena dîner, puis dans une galerie d'art, donc, où il se pencha trop près d'elle et glissa son bras sous le sien pour la guider d'une œuvre à l'autre. Il lui murmurait des commentaires à l'oreille, la bouche si proche d'elle qu'elle sentait son souffle sur sa peau.

Et elle savait que ce n'était qu'illusion. Elle savait pertinemment que Tiziano ne faisait que jouer un rôle. Mais elle avait parfois tendance à l'oublier tant son talent d'acteur était remarquable.

Alors qu'ils se trouvaient devant une œuvre représentant un grand objet oblong qui jaillissait de terre pour percer le ciel, il lui dit :

— Ne dis rien, surtout... Mais sache que je connais l'artiste, et que je suis à peu près certain qu'il s'agit d'une représentation très exagérée de son bien le plus précieux...

Il la regarda d'un air coquin, ses yeux bleus étincelant.

— Vraiment très exagéré, à en croire différents témoins.

Lorsqu'il se montrait outrancier, ou tenait des propos grivois, Annie ne faisait pas semblant de rire. Elle riait franchement. Tout comme elle n'avait pas besoin de faire semblant d'être intéressée par ce qu'il lui disait, parce qu'elle l'était vraiment. Il savait beaucoup de choses, non seulement sur la vie privée des artistes et leurs petits secrets, mais aussi sur leur travail. Sur l'art en général et sur son importance primordiale, de nos jours.

Ce qui était encore plus étonnant, c'est qu'il l'écoutait avec attention lorsqu'elle lui faisait part de ses pensées et de ses opinions.

Alors qu'ils discutaient depuis quelques instants devant une toile sur laquelle ils n'étaient pas d'accord – il la trouvait banale, elle la jugeait subversive –, Annie remarqua la présence d'une autre personne dans la galerie.

Machinalement, elle se retourna et fut immédiatement happée par un regard bleu très familier. Elle sut tout de suite qu'il ne pouvait s'agir que du sévère Ago, le frère de Tiziano. Et à en juger par l'expression renfrognée de son visage, sa réprobation semblait se partager de manière égale entre son jeune frère et... elle.

— Qu'est-ce que ça veut dire ? demanda-t-il sans préambule.

Tiziano attira Annie contre lui et, bien qu'il arbore un sourire, une froideur certaine était apparue dans son regard.

— Mon frère veut me punir, affirma-t-il.

Elle comprit qu'il ne s'adressait pas à elle, mais à Ago. Il reprit :

— S'il a des reproches à me faire, il pourrait très bien le faire en italien. Mais le fait de parler en anglais est une façon de te faire comprendre que tu devrais avoir honte de te montrer en ma présence.

— Mais pas du tout ! répliqua Annie, spontanément. De plus, je croyais que le but recherché était justement l'inverse ! Que j'étais censée être fière d'être vue en ta compagnie, et rendre toutes les femmes jalouses.

Ago fronça les sourcils, comme s'il était surpris. Mais Annie n'aurait pas su dire si c'était à cause de son accent ou du sens de ses paroles. Que pouvait-il bien penser ?

Mais Tiziano sourit, et ce sourire atteignit ses yeux.

— Oui, mais tu ne sais pas tout, murmura-t-il, énigmatique.

Son frère posa sur eux un regard dédaigneux, puis se focalisa sur Tiziano.

— Tu sais que ta fiancée est ici, j'imagine ? dit-il d'un ton glacial.

Tiziano ne lui avait rien caché. Annie savait très bien que le but du jeu qu'elle avait accepté de jouer était de sauver Tiziano d'un mariage de convenance. Il lui avait tout dit sur la femme parfaite que son frère avait choisie pour le domestiquer. Elle-même avait cherché à en savoir le plus possible sur Victoria Cameron. Mais elle n'avait jamais vraiment intégré que cette dernière était une femme en chair et en os, bien vivante, et qui nourrissait peut-être des sentiments à l'égard de Tiziano. Sinon, pourquoi aurait-elle accepté de l'épouser ?

Pourquoi diable n'y avait-elle pas pensé plus tôt ?

— Je ne me souviens pas d'avoir demandé quiconque

en mariage, répliqua Tiziano avec sa nonchalance habituelle.

Mais en observant tour à tour les deux frères – tous deux grands, forts et très virils, chacun à sa manière – Annie n'eut aucun mal à voir que Tiziano n'était pas aussi décontracté qu'il voulait le faire croire. Il avait même l'air plus furieux qu'Ago… sous son masque.

Car Tiziano dissimulait toujours soigneusement ses émotions. Si son frère connaissait ce trait de caractère, il n'en laissa rien paraître.

— Tous les arrangements ont été conclus avec son père, tu le sais très bien.

Ago posa de nouveau son regard froid sur elle et inclina légèrement la tête.

— Si vous apprenez cette nouvelle ainsi, je le regrette.

Tiziano répondit à sa place.

— Non, cela n'est pas le cas.

Il avait presque l'air enjoué, alors, et pourtant Annie savait bien qu'il n'en était rien.

— Je t'ai dit il y a à peine trois heures que ce soir tu devrais faire ta première apparition publique avec Mlle Cameron, lâcha Ago. Je n'ai pas été assez clair ?

— Et je t'ai dit, il y a à peine trois heures, que je n'avais pas la moindre intention d'obtempérer ! répliqua Tiziano.

Une fois de plus, Ago la regarda.

— Mon frère se sert de vous, déclara-t-il. Il utilise toutes les femmes qu'il rencontre et qui ont la faiblesse de tomber sous son charme, je le crains, mais vous serez peut-être sa dernière victime. Car il sait bien qu'il est temps qu'il fasse son devoir. Et ce n'est pas vous qu'il choisira comme épouse, mademoiselle Meeks. Je crains que ce ne soit jamais possible. J'espère qu'il ne vous a pas promis le contraire.

Annie aurait aimé être préparée à une telle agression. Avoir une sorte de scénario sur lequel s'appuyer, parce qu'à cet instant-là la seule chose qu'elle put faire face à la fureur d'Ago Accardi, c'était le regarder bouche bée.

À côté d'elle, Tiziano se contenait, comme s'il n'avait qu'une envie : se jeter sur son frère ici même, dans cette galerie d'art huppée fréquentée par tout ce que la ville comptait de gens influents.

Mais il réussit à se dominer, et à éviter la violence. Au contraire, il serra Annie contre lui, comme s'il voulait la protéger.

— Si tu as quelque chose à dire, mon frère, adresse-toi à moi. Je te l'ai déjà dit : Annie n'est pas négociable.

Avec un rictus étrange, Ago se tourna brièvement vers elle, avant de fixer à nouveau Tiziano.

— Je te l'ai dit, reprit Tiziano à voix basse, mais presque menaçante, dit et redit. Je ne l'abandonnerai pas. Il n'y a pas à discuter. Mais le grand et puissant Ago Accardi n'entend que ce qu'il veut bien entendre. Et il fait preuve d'une étrange surdité lorsqu'il s'agit de prendre en compte les désirs des autres. Je m'y suis habitué.

Le regard qu'il lança à son frère aurait dû transformer Ago en pierre.

— Mais je ne te laisserai pas déverser ton fiel sur la femme que j'aime !

Annie avait beau savoir qu'il était comme toujours dans son rôle, elle ne put s'empêcher de ressentir un pincement au cœur. Entre eux, il n'y avait qu'un contrat, et elle avait laissé derrière elle sa vie pour entrer dans celle de Tiziano... provisoirement seulement.

Mais savoir tout cela ne l'aida pas. Au contraire, elle reçut avec plus d'amertume encore les mots de Tiziano. Il venait de dire qu'il l'aimait, même s'il ne le pensait pas vraiment.

*Ce n'est pas bon*, songea-t-elle. *Pas bon du tout.*

# 6

Quand il sentit Annie frémir contre lui, Tiziano fut pris du désir soudain de l'embrasser, de la caresser, de la posséder tout entière, mais le regard sévère de son frère le ramena à la réalité.

Il avait anticipé cet incident. Il avait su qu'il se produirait ce soir-là. Plus tôt dans la journée, assis dans le bureau de son frère, alors qu'il assistait sagement à l'une de ces réunions qui se multipliaient ces derniers temps, il en avait profité pour élaborer son plan. Convaincu que ce vernissage auquel devaient assister Ago et les Cameron lui offrirait la meilleure occasion d'exhiber sa maîtresse, il avait pris sa décision. Il n'aurait plus rien à cacher aux paparazzis, désormais, et si Everard Cameron émettait une quelconque objection, Ago pourrait recueillir lui-même ses récriminations.

Du moins est-ce que qu'il avait espéré, car maintenant que l'heure était venue, force était de constater que les choses ne se déroulaient pas vraiment comme il l'avait imaginé.

Parce qu'il se moquait bien, dans le fond, de ce que pensait Ago ou de ce que ferait Everard Cameron !

Il ne pensait plus qu'à protéger Annie. Tiziano ignorait

quand cela avait commencé. Il n'était pas protecteur par nature, ni du genre à s'occuper des autres, ce qui semblait prendre une grande partie du temps de certaines personnes.

On leur avait appris, à lui et à son frère, à réprimer ces élans considérés comme une marque de faiblesse. Pourquoi s'intéresser aux autres quand on était mû par le seul sens du devoir ?

Il ne comprenait pas pourquoi il ressentait une telle empathie pour une femme qui n'était après tout que son employée. Certes, il ne lui versait pas de salaire à proprement parler, mais il avait toujours été beaucoup plus vieux jeu que ce que les gens avaient tendance à croire et trouvait bien plus logique, puisqu'elle était sa maîtresse, de pourvoir à tous ses besoins.

Il ne fut pas surpris lorsque son frère laissa échapper un petit rire sarcastique.

— Serais-tu amoureux, Tiziano ? lança-t-il, incrédule. Toi ? Je doute fort que tu connaisses le sens de ce mot !

— Allons, cher frère, dit Tiziano, ne te ridiculise pas en montrant à tous à quel point ce sentiment t'est étranger. Ce n'est pas très flatteur pour toi.

Et, avant qu'Ago puisse répondre, Tiziano prit Annie par le bras et s'éloigna, fuyant cette conversation et le danger auquel son frère avait voulu l'exposer.

Ils se fondirent dans la foule, où il pourrait se livrer à des conversations mondaines et sans intérêt, et éviter tout discours ou déclaration publique. Mais il ne retira pas son bras de celui d'Annie, déterminé à s'en tenir au scénario prévu, à entretenir l'image qu'il voulait « vendre » à l'assistance. Il savait mieux que quiconque que rien ne comptait davantage que les apparences.

Ils finirent par s'éloigner de la partie principale de la galerie et se dirigèrent vers l'une des hautes tables de café installées dans l'atrium, tandis que des acteurs du West End au chômage leur servaient toutes sortes de plats et de boissons raffinés.

Il adorait se tenir tout près d'elle, s'incliner vers elle comme s'ils étaient seuls au monde. Il avait découvert qu'il préférait être en tête à tête avec elle, lui qui avait toujours adoré être entouré d'une foule de gens.

— Ton frère est redoutable, vu de près, dit doucement Annie, avant de prendre une gorgée de vin.

— Il cultive avec soin sa réputation d'homme froid et inflexible, expliqua Tiziano. Quand nous étions plus jeunes, c'était un garçon plutôt facile à vivre. Ce n'est qu'avec le temps qu'il a perdu son humour, et aussi sa légèreté, hélas !

Quand Annie posa de nouveau sur lui son regard gris, ce fut comme si le temps s'était arrêté. Gêné, il se racla la gorge.

— Qu'est-ce qui s'est passé dans sa vie pour qu'il change à ce point ? demanda-t-elle.

Tiziano était trop captivé par Annie pour se laisser aller à ses habituelles dérobades.

— Il est devenu de plus en plus ennuyeux, comme trop de membres de ma famille avant lui, dit-il avec désinvolture, sans toutefois esquisser un sourire comme il le faisait d'ordinaire lorsqu'il parlait de ses proches. C'est une terrible affliction qui sévit partout, tu verras.

Elle ne rit pas, et il la vit même froncer les sourcils, perplexe.

— Il doit bien s'être passé quelque chose, pourtant,

dit-elle. Ton frère a-t-il des griefs, des rancœurs contre quelqu'un ?

— Ah ! Eh bien...

Ils se trouvaient au beau milieu d'une galerie d'art animée, Tiziano avait conscience qu'Ago les observait probablement en ce moment même. Il savait que ce n'était ni le moment ni le lieu pour se confier. D'ailleurs, il ne se souvenait pas de la dernière fois qu'il avait eu l'occasion de partager des détails de sa vie personnelle avec quelqu'un. De dire la vérité.

Certes, il lui arrivait de parler de lui, mais toujours pour renvoyer l'image qu'il souhaitait qu'on retienne...

Mais quelque chose dans la façon dont Annie le regardait eut raison de sa résistance. C'était comme si elle l'encourageait en silence à être...

Non pas différent, mais meilleur.

Cela aurait dû l'agacer, lui qui avait accepté son rôle depuis longtemps. Afin de jouer les anges vengeurs, Ago avait besoin d'un démon, et Tiziano se prêtait au jeu, faute de mieux.

— Ago est le fils aîné, commença-t-il. Et dans une famille comme la nôtre, on baigne dès le plus jeune âge dans le milieu des affaires, auquel on est destiné, qu'on le veuille ou non. Chez les Accardi, l'héritage et la tradition sont des notions essentielles. Mon frère a été soigneusement préparé à reprendre un jour les rênes de l'entreprise. Il est le garant du respect des traditions.

Des souvenirs que Tiziano n'avait pas évoqués depuis des années se bousculaient dans sa tête, mais il les repoussa. Ago et lui n'étaient plus jeunes depuis longtemps. Et ils avaient connu si peu d'années de liberté, de bonheur... À quoi bon se remémorer tout cela maintenant ?

— Cela te surprendra peut-être d'apprendre que lorsqu'il était jeune, Ago se prenait pour un artiste, s'entendit-il ajouter. C'était une tendance, à l'époque...

Il n'avait jamais rien dit de cela à personne. Ce n'était pas un secret, mais c'était douloureux, et cela ne lui appartenait pas. Son frère et lui avaient été trop tôt arrachés à la douceur de l'enfance, à la beauté de l'art, pour apprendre à gagner de l'argent. La seule chose à laquelle on croyait vraiment dans leur famille.

— C'est pour ça que nous sommes là ce soir ? demanda Annie. Cette galerie lui appartient, n'est-ce pas ?

Tiziano sourit.

— Il en est le propriétaire, mais ne te laisse pas aller à des rêveries artistiques, *cara*. Posséder une galerie n'est pas de tout repos, au contraire, même...

Il secoua la tête.

— Mon frère a rapidement perdu ses illusions. Tous les espoirs et les rêves de l'empire Accardi reposaient sur ses épaules, et lui, en bon petit soldat, a tout accepté. En tant qu'héritier, il ne pouvait pas se permettre de décevoir.

Une autre femme se serait précipitée pour dire quelque chose, faire un commentaire. Pour s'indigner qu'un garçon ait dû embrasser son destin si jeune, peut-être. Ou souligner que Tiziano n'avait pas subi les mêmes contraintes.

Mais Annie se contenta de lui jeter un bref regard.

— Et toi ? Qu'est-ce qu'on attendait de toi ?

À son grand étonnement, Tiziano sourit. Pourtant, ces souvenirs étaient douloureux, et il n'aimait pas les évoquer.

— Rien du tout, répondit-il avec une note de dépit qui ne lui ressemblait pas. J'ai été abandonné à mon sort – et à mes vices – et encouragé à ficher la paix à tout le monde. Je n'étais que le remplaçant, tu comprends, et il n'y avait aucune chance que je sois un jour amené à prendre la place d'Ago. Et tant mieux, car il est vite apparu que j'étais moins doué que lui pour ce rôle.

— Et donc, tu as décidé de te faire remarquer pour exister ? dit-elle en faisant glisser le bout de son index sur le bord de son verre, en un geste que Tiziano trouva fascinant.

Elle avait tout compris, comme si elle avait vécu avec lui les longues journées solitaires de son enfance, après qu'il eut été séparé de son frère qui ne devait plus être soumis à son « influence ».

Tiziano avait mal vécu la perte de son seul ami et compagnon, séquestré dans la campagne toscane pendant des années avant d'être envoyé en Grande-Bretagne, dans un pensionnat. Il s'était efforcé de trouver chaque jour des moyens d'attirer l'attention de ses tuteurs, de ses parents, et même de son très sévère grand-père, qui vivait encore à l'époque.

L'essentiel, pour Tiziano, était qu'on ne l'oublie pas, car il se sentait incapable de supporter cela.

C'est à l'école que Tiziano avait découvert son talent pour capter l'attention des autres, même de ceux qui le détestaient, et compris que c'était un atout de taille.

Aussi, lorsque Ago, après avoir été nommé P-DG de l'entreprise familiale, lui avait offert un poste, personne ne s'était attendu qu'il travaille vraiment. Alors, il s'était fait fort de prouver sa valeur.

À sa manière...

— Et toi ? demanda-t-il soudain, tu as une sœur,

n'est-ce pas ? Ne me dis pas que chacune n'avait pas son rôle à jouer, car nous en avons tous un !

— C'est difficile à expliquer, admit Annie, avec une franchise qui le stupéfia.

Il commençait à la connaître et, pourtant, il n'arrivait pas à s'habituer à l'honnêteté dont elle faisait preuve en toutes circonstances. Il continuait à chercher le piège.

— Tant que mes parents étaient encore en vie, tout semblait facile, mais il est possible que j'enjolive un peu ce passé disparu. Nous formions un duo soudé, Roxy et moi, mais tout a changé après l'accident.

Elle se déplaça, sans se rapprocher de lui, ce qu'il se surprit à regretter.

— Ma grand-mère voulait nous garder, mais elle était trop âgée et trop fragile. Nous sommes donc allées chez ma tante et avons commencé à suivre chacune son chemin.

— Comment ça ? demanda-t-il, curieux.

— Roxy sortait beaucoup, et n'avait pas que des bonnes fréquentations. J'étais plus discrète. Avons-nous toujours été destinées à être aussi différentes, ou est-ce l'accident qui a fait de nous ce que nous sommes aujourd'hui ? Je l'ignore.

Elle haussa les épaules.

— En tout cas, c'est ainsi, poursuivit-elle. Elle a renoncé à bien se conduire, et moi, j'ai renoncé à l'art. Peut-être que même si mes parents avaient vécu, les choses se seraient aussi passées comme ça.

— On ne peut pas changer le passé, acquiesça Tiziano, d'une voix qu'elle ne reconnut pas. Mais on peut toujours changer ce que l'on est.

— Crois-tu vraiment que ce soit si facile ? demanda-t-elle,

une lueur de défi dans le regard. Si c'est le cas, tu as l'opportunité de le prouver, Tiziano. Tout ce que tu dois faire pour changer, pour devenir l'homme que ton frère souhaite que tu sois, c'est épouser cette femme. Elle a l'air bien sous tous rapports.

— Qu'en sais-tu ? répliqua Tiziano. Je croyais qu'elle était censée rester enfermée dans son couvent jusqu'à ce que son père la marie.

— Elle est impliquée dans un grand nombre d'organisations caritatives, dit Annie calmement. Je le sais, car je l'ai lu sur Internet.

Annie le regarda pendant ce qui lui parut une éternité, avant de poursuivre.

— Il n'y a aucune raison pour que tu n'aies pas une belle vie, dit Annie avec douceur. Mais au lieu de cela, tu as choisi de t'inventer une maîtresse et de concocter toute cette mise en scène, juste pour prouver que tu ne pourras jamais être autre chose que ce que tu es. Alors, crois-tu vraiment qu'il soit si facile de changer ?

Sans répondre, Tiziano balaya le hall du regard, puis se tourna vers la galerie proprement dite. Il vit son frère presque aussitôt, engagé dans ce qui semblait être une conversation sérieuse avec un homme plus âgé que Tiziano reconnut comme étant Everard Cameron. La très vertueuse Victoria elle-même, la fiancée dont il ne voulait pas, se tenait à côté de son frère. Annie avait raison, bien sûr. Tiziano s'en rendit compte en l'observant à travers la foule : Victoria Cameron était tout à fait convenable. Elle était même plutôt jolie, mais il fallait qu'elle le soit pour que son père s'imagine pouvoir la vendre de cette manière.

Épouser cette femme, c'était accepter le destin de tous

les Accardi : devenir un fantôme, un simple portrait qu'on accroche dans la galerie de la demeure familiale, de génération en génération.

Tiziano n'avait aucun intérêt à disparaître ainsi.

Annie interrompit le fil de ses pensées.

— Tu pourrais aller les rejoindre, suggéra-t-elle. La saluer, et lui sourire comme ton frère souhaiterait que tu le fasses. Tu pourrais faire semblant avec eux comme avec moi. Ce n'est pas la mer à boire !

Il se tourna lentement vers Annie, qui gardait fixé sur lui son regard gris comme le ciel avant la tempête. Il la désirait comme un fou, comprit-il soudain. Peut-être même l'avait-il désirée dès l'instant où il l'avait vue, dans cet escalier.

— En effet, je pourrais faire tout cela, mais de toi à moi, *cara mia*, je n'ai pas très envie de faire ce que mon frère exige de moi. Lui-même n'est pas l'homme qu'il voudrait être, et je ne veux pas lui ressembler...

Il s'était approché d'elle en parlant, de sorte que leurs visages se touchaient presque. Et c'était comme si le monde autour d'eux avait disparu. Sans réfléchir, il leva la main et traça les contours de son visage du bout du doigt, tandis que le feu grandissait en lui. Puis, lentement, il effleura ses lèvres, une fois, puis une autre...

Quand il la sentit frémir, il ne se déroba pas. En lui, le feu était devenu indomptable.

— Tu es vraiment un remarquable comédien, murmura-t-elle. En tout cas, c'est très convaincant.

— Eh bien, dans ce cas, nous n'avons rien à craindre, répondit Tiziano d'une voix sourde.

Il se pencha vers elle et l'embrassa doucement, pour

commencer. Puis il approfondit son baiser, la plaquant contre lui d'une main posée sur ses reins.

Il perçut une furtive lueur de surprise dans les yeux d'Annie, et sentit tout de suite que son frère les regardait. Il eut l'impression que ses foudres traversaient la pièce pour s'abattre sur eux.

Ce n'était pourtant qu'une innocente mise en scène, et Ago le savait très bien.

Quand il se redressa, laissant la main sur les reins d'Annie, Tiziano soutint le regard de son frère. Ferait-il un scandale en public ? Ce n'était pas son genre.

En effet, rien ne se produisit, et après avoir salué quelques connaissances, Tiziano entraîna Annie hors de la galerie.

Sur le chemin du retour, alors qu'ils regardaient défiler Londres par la vitre de la voiture, un lourd silence s'installa entre eux.

Ce fut Annie qui le rompit en demandant :

— Que se passe-t-il ? Tu as l'air contrarié.

— Je regrette de t'avoir fait signer cette clause de confidentialité dès ton premier jour ici, avoua-t-il. Pense aux livres que tu pourrais vendre en révélant la vérité sur la célèbre famille Accardi !

— Je ne ferais jamais une chose pareille, mais ne crois pas que ce soit par loyauté, dit-elle d'un air malicieux.

— Ah oui ? Et pourquoi, alors ?

— Parce qu'ils ne se vendraient pas. Les gens qui sont vraiment heureux et insouciants ne passent pas leur temps, comme toi, à tenter d'en convaincre les autres. Au fond, tout le monde en a conscience.

Il médita ses paroles un instant, puis partit d'un rire grave.

— Ne sois pas naïve, répliqua-t-il. Les gens ne pensent qu'à eux-mêmes… et souvent ils prennent ce que disent les autres pour argent comptant.

Il sentit alors son regard gris scruter le sien.

— Tu crois ça ? Toi-même, es-tu comme ça ?

Il n'était pas d'humeur plus légère lorsqu'il la raccompagna à la porte de son immeuble de Hampstead, qui lui appartenait mais dans lequel il n'avait jamais habité et où il ne vivrait jamais, car il lui rappellerait toujours Annie et l'histoire impossible qu'il avait vécue avec elle.

Alors qu'il se tenait là, dans le froid, sa fausse maîtresse semblait avoir hâte qu'il prenne enfin congé.

— Pourquoi me regardes-tu comme ça ? lui dit-elle, alors que la nuit les enveloppait peu à peu. Personne ne peut nous voir !

C'est le défi qu'il perçut dans sa voix qui le fit basculer. Il s'approcha d'elle, encadra son visage de ses mains et prit sa bouche. Cette fois, ce n'était pas pour la galerie. Ni pour s'entraîner. C'était un élan spontané, un désir vrai. Tiziano l'embrassa comme si sa vie en dépendait. Parce qu'il ne pouvait pas supporter de ne pas l'embrasser. Parce qu'il voulait retrouver le goût de sa bouche.

Il l'embrassa encore et encore, tandis que le feu de la passion faisait rage en lui, un feu qu'elle attisait malgré elle.

Son désir, il le savait, ne le laisserait pas en paix et ferait de lui un autre homme, qu'il ne reconnaîtrait pas. Tiziano avait appris cette leçon bien longtemps auparavant : le désir, l'amour, l'attachement étaient sources de souffrance. Aimer quelqu'un, c'était prendre le risque qu'il vous soit enlevé. Mieux valait garder ses distances et faire taire ses sentiments.

La mort dans l'âme, il la lâcha, et remarqua son trouble, qui le flatta malgré lui.

Elle déglutit, secoua la tête et, pour une fois, ne dit rien.

— Pourquoi ? murmura-t-elle.

— Je ne sais pas, répondit-il simplement, et je préfère ne pas le savoir, ajouta-t-il avant de tourner les talons et de disparaître dans la nuit.

Avant qu'il soit trop tard.

# 7

Annie s'efforça de ne plus penser à ce baiser, sous peine de devenir folle. Car la dernière chose dont elle avait besoin, c'était d'être encore plus déstabilisée face à Tiziano Accardi.

Le lendemain de cette soirée à la galerie dont le souvenir la hantait, Annie nagea jusqu'à l'épuisement. Longueur après longueur, jusqu'à ce que le mouvement de ses bras contre l'eau lui fasse mal et qu'elle se sente de nouveau elle-même.

Parce qu'elle n'était pas vraiment la maîtresse de Tiziano. Elle avait besoin de se rappeler qu'il s'agissait d'un rôle, rien de plus. Il aurait pu choisir n'importe qui. S'il ne l'avait pas rencontrée dans cette cage d'escalier, il aurait jeté son dévolu sur quelqu'un d'autre et se serait comporté exactement de la même manière. De son côté, elle avait une bonne raison d'avoir accepté, car son objectif était clair : se débarrasser de ses dettes.

En ce mois de décembre, Tiziano semblait crouler sous les obligations mondaines et les fêtes de fin d'année. Chaque organisation caritative organisait un bal, et sa présence était exigée.

Et chaque fois, Tiziano s'efforçait de jouer son rôle

à la perfection. Il y avait les regards énamourés, les petits gestes : il jouait avec ses cheveux, avec un de ses bracelets, effleurait la bretelle de sa robe. S'il y avait de la musique, il l'entraînait sur la piste de danse et la serrait contre lui d'une manière tellement suggestive qu'on aurait pu croire qu'il voulait la conduire sur-le-champ dans la chambre la plus proche.

Très souvent, Ago Accardi était aussi présent et les observait d'un air réprobateur. Parfois, Everard Cameron se tenait près de lui, partageant manifestement son mécontentement. Les photographes, eux, étaient toujours présents, et dans les tabloïds les spéculations allaient bon train : qui était donc la nouvelle compagne de Tiziano Accardi ? Combien de temps durerait leur idylle ?

Annie aurait dû se féliciter de jouer son rôle à la perfection, elle aussi. Mais plus le temps passait, plus un autre aspect de cette mascarade, qu'elle n'avait pas anticipé, la dérangeait.

Sans doute par naïveté, elle n'avait pas imaginé que des personnes de sa connaissance liraient les tabloïds et seraient dupes du spectacle que Tiziano et elle offraient. C'était sa faute. En acceptant ce contrat, elle n'avait pensé qu'à se libérer de toutes ces dettes, et négligé les autres conséquences possibles.

Même sa sœur, qui ne l'avait pas appelée depuis qu'elle était partie pour l'Australie, se manifesta.

— Tu m'avais caché ça ! lui lança-t-elle, alors qu'Annie, encore surprise par cet appel, fixait son portable comme s'il s'était transformé en serpent dans sa main. Quelle cachottière !

— Que veux-tu dire ?

Roxy éclata de rire, comme si elle n'avait pas conscience

du chaos qu'elle avait laissé derrière elle. Elle n'avait pas changé, songea Annie avec amertume.

— Cette situation me rend très malheureuse et, pendant ce temps-là, tu ne cherches qu'à améliorer ton ordinaire ! reprit Roxy. Franchement, Annie, je ne te croyais pas comme ça.

C'en était trop. Annie prit une profonde inspiration.

— Tu te sens malheureuse ? demanda-t-elle en se pinçant l'arête du nez pour ne pas exploser. Il faut croire que tu n'es pas assez malheureuse pour agir !

— J'ai vu les photos, répliqua sa sœur en riant de nouveau. Pourquoi ne vends-tu pas un de ces superbes colliers que tu portes toujours ? Je pense que tu n'aurais plus de problèmes avec la banque. Tu pourrais tout rembourser et acheter un ou deux manoirs, si tu en as envie.

— Je ne suis pas...

Annie s'arrêta net.

Que voulait-elle dire, au juste ? Qu'elle avait besoin que sa sœur fasse des efforts pour payer une dette déjà remboursée ? Cela lui semblait un peu pervers. Certes, Roxy aurait mérité cette punition, mais Annie devait avant tout s'interroger sur ses propres motivations. N'avait-elle pas accepté ce contrat par appât du gain, ainsi que sa sœur semblait le penser ?

Elle commença par dire à Roxy qu'elle n'était pas la croqueuse de diamants dont les tabloïds dressaient le portrait, mais elle ne lui fournit aucune information sur son accord avec Tiziano.

Une semaine ou deux plus tard, cette comédie prendrait fin, de toute façon. Everard Cameron annulerait l'accord passé avec Ago, Tiziano retournerait à sa vie normale, et Annie serait libre de faire ce qu'elle voulait. À jamais. Pour elle, c'était clairement une opération gagnante.

Dans ces conditions, pouvait-elle vraiment continuer à reprocher à sa sœur d'être à l'origine de la situation qui l'avait conduite à conclure cet accord ?

— Je n'arrive pas à croire que la première fois que tu m'appelles après m'avoir contrainte à abandonner mes études pour régler *tes* problèmes, tu te permettes ce genre de commentaires. Je n'ai pas volé la carte de crédit de Tiziano Accardi, que je sache !

Sa sœur ne parut pas contrariée le moins du monde.

— Je peux m'estimer heureuse quand un homme m'offre un verre, Annie. Personne ne me couvre de bijoux, moi !

Une fois cette conversation terminée, Annie comprit que sa sœur exprimait tout haut ce que les lecteurs des journaux à scandale pensaient tout bas. Personne, en réalité, n'aimait l'idée que l'un des célibataires les plus convoités du pays tombe réellement amoureux.

Elle se rappela les regards entendus de certaines femmes, comme des mises en garde. Ou les regards hostiles de celles qui s'imaginaient avoir une chance avec Tiziano. Pis encore, il y avait les regards grivois des hommes, qui lui faisaient comprendre qu'ils auraient bien aimé être à la place de Tiziano, voire assister à leurs ébats...

La désapprobation d'Ago était presque réconfortante, en comparaison.

Une part d'elle aurait dû être ravie que le monde entier la considère comme une femme fatale, une scandaleuse, alors qu'elle était tout le contraire. Annie Meeks, maîtresse d'un play-boy milliardaire ? C'était absurde !

Mais curieusement, personne dans son entourage

ne déclara que la Annie Meeks qu'il connaissait était la dernière personne dont on pouvait imaginer qu'elle sortirait avec un homme comme Tiziano. Les anciens camarades d'études qui l'avaient contactée, mi-curieux, mi-envieux, s'étaient à peine étonnés de cette situation.

Une situation qu'Annie avait de plus en plus de mal à supporter. D'autant que, en tant que maîtresse attitrée de Tiziano Accardi, elle passait désormais pour une bombe sexuelle, une femme à la sensualité débordante, alors qu'ils n'avaient échangé que quelques baisers, et qu'elle n'avait pas la moindre expérience en matière de sexe. Quelle ironie !

Annie n'avait jamais ressenti sa virginité comme un fardeau, contrairement à d'autres femmes. Elle n'avait jamais éprouvé le besoin urgent de s'en débarrasser et ne s'y était pas non plus accrochée comme à un bien précieux. La mort de ses parents avait été un tel bouleversement pour elle que sa vie amoureuse était passée au second plan.

Elle avait tout fait pour assurer son avenir, et celui de sa sœur, car elle savait que leur tante, Sharon, comprendrait et apprécierait ses efforts : des notes parfaites, un comportement irréprochable. Pour atteindre cette perfection, elle avait dû beaucoup travailler, et n'avait pas eu le temps de s'intéresser aux garçons, comme les autres adolescentes.

Mais à présent, ce sujet la préoccupait beaucoup. Elle se surprenait à lire des articles sur Tiziano et elle, et à se demander si c'était bien d'elle qu'ils parlaient. Qui était donc cette femme captivante, libre, irrésistible, qui vivait une « passion brûlante » avec un homme très en vue, que tout le monde semblait voir en elle ?

On lui prêtait toutes sortes de pouvoirs étranges : la séduction, la ruse, dont elle se servait pour piéger tous les hommes qui posaient les yeux sur elle. Si elle savait par expérience que les hommes ne se retournaient pas sur elle dans la rue, maintenant qu'elle avait, croyait-on, séduit Tiziano, elle devenait une véritable déesse à leurs yeux !

Même quand ils se voulaient critiques, les articles se trompaient. On dénigrait ses attributs physiques en affirmant qu'elle n'était pas aussi jolie qu'elle le pensait, ce qui signifiait tout de même qu'on la considérait comme jolie. Ou alors on se moquait de sa façon de marcher, lui reprochant de remuer un peu trop la partie la plus charnue de son anatomie.

La réalité, c'était que ses chaussures étaient si hautes qu'elle devait ralentir sous peine de trébucher sans cesse !

Malgré toutes ces contrevérités, ces commentaires peu flatteurs, ces billets d'humeur, une chose demeurait incontestable : Tiziano était un play-boy accompli, qui suscitait la sympathie de tous.

Et Annie ne savait pas très bien quoi penser de lui.

Un soir, lors d'un gala de charité, elle s'excusa pour aller aux toilettes. Alors qu'elle entrait dans ce qui ressemblait à un petit salon, avec canapé et tables basses, les voix se turent, et tous les visages se tournèrent vers elle. Puis, des chuchotements se firent entendre.

Annie n'avait jamais vécu ce genre de scène avant de fréquenter Tiziano. Que disaient ces femmes à propos d'elle ? Elle était une simple secrétaire, pas une de ces assistantes de direction de haut vol qui conseillaient dans l'ombre leurs patrons tout-puissants.

Elle aurait voulu tourner les talons, mais son orgueil

l'en empêcha. Plutôt mourir que de laisser ces femmes croire qu'elle était affectée par leur comportement ! Une déesse du sexe comme elle ne prêtait aucune attention aux ragots.

Annie se dirigea vers le grand miroir qui occupait tout un pan de mur et posa ostensiblement sa minuscule pochette brodée sur le comptoir. Puis elle fit mine de rectifier sa tenue mais, comme toujours, l'équipe de Tiziano avait effectué un travail merveilleux, et elle était impeccable.

Pour se donner une contenance, elle sortit le gloss qu'on lui avait dit d'appliquer à volonté et le fit glisser sur ses lèvres – un geste qui la réconforta.

C'est alors qu'une femme qu'elle crut vaguement reconnaître apparut à côté d'elle.

— Vous devriez partager vos secrets, lui murmura-t-elle, admirative. Qui aurait cru que Tiziano Accardi lui-même se laisserait attraper ? Quel exploit ! C'est impressionnant.

Une autre femme surgit de l'autre côté. Elle souriait, mais son regard n'avait rien d'amical.

— Ne l'écoutez pas ! Elle est jalouse, c'est tout ! Tout ce qu'elle a pu obtenir de notre Tiziano, c'est une nuit !

*Notre Tiziano.*

— Mais quelle nuit ! roucoula la première femme.

Annie se força à sourire, et répondit avec une nonchalance qui n'avait rien à envier à celle de Tiziano :

— Je suis parfaitement consciente que Tiziano a un passé riche en aventures en tout genre. Mais le passé, c'est le passé, n'est-ce pas ?

Elle n'ajouta pas : « Et son présent, c'est moi. »

C'était inutile. Les autres femmes avaient très bien

compris le message. Annie remit son brillant à lèvres dans sa pochette et sortit, tandis que les chuchotements reprenaient de plus belle.

De retour dans la salle de bal, elle vit Tiziano, entouré de sa cour comme à son habitude. Pour un homme qui passait son temps à raconter qu'il ne faisait rien, il était très sollicité, et toutes sortes de personnes venaient lui demander conseil. Plus elle le connaissait, plus Annie se rendait compte que tout en lui était contradiction. Les facettes de sa personnalité semblaient si nombreuses qu'elle se demanda si elle pourrait les découvrir toutes. D'ailleurs, elle avait du mal à se remémorer sa première impression, lorsqu'ils s'étaient heurtés, dans l'escalier. Une chose était sûre, cependant : jamais elle n'aurait cru pouvoir tomber sous le charme d'un homme tel que lui…

Tiziano Accardi était décidément très singulier. Beaucoup trop singulier pour elle.

Les lumières de la salle se tamisèrent soudain. Les discours et les applaudissements étaient terminés, et il ne s'agissait plus que de danser et de boire, désormais. Annie apprécia ce sentiment d'intimité, soulagée de ne pas être aussi exposée que d'habitude. Elle s'aventura seule sur la piste de danse.

Soudain, elle n'était plus qu'une femme parmi les autres, ondulant au son de la musique. Elle se fraya un chemin parmi les tables qui bordaient la piste, tout en jetant des regards furtifs en direction de Tiziano, toujours entouré de sa meute d'admirateurs.

Elle avait pensé que le côtoyer chaque jour le rendrait moins attirant à ses yeux, et atténuerait l'effet que sa beauté virile avait sur ses sens. Hélas ! il n'en était rien, et c'était plutôt le contraire qui semblait se produire.

Même à ce moment-là, elle sentait une force invisible la pousser vers lui, à laquelle elle ne cherchait même pas à résister.

Annie apprécia la coupe irréprochable de son costume bleu nuit, qui mettait parfaitement en valeur son corps de sportif accompli. Elle laissa son cœur s'emballer quand elle regarda ses cheveux noir de jais, toujours à moitié en bataille, comme s'il sortait du lit… ou, plutôt, comme s'il venait de faire l'amour. Elle s'approcha plus près encore, cherchant ses yeux qui, comme par miracle, rencontrèrent les siens dans l'obscurité, et s'y accrochèrent pour ne plus les lâcher.

Elle le vit s'excuser et quitter son groupe d'amis pour venir la rejoindre. Elle était sûre que s'ils avaient été seuls, il l'aurait attrapée par le bras et aurait posé sa bouche avide sur la sienne. Elle sentait son désir, à peine contenu. Un désir qui rugissait aussi en elle.

Hélas ! ils n'étaient pas seuls, et Tiziano se contenta de lui tendre galamment la main.

— M'accorderais-tu cette danse ?

Sans attendre sa réponse, il l'entraîna au centre de la piste et, soudain, il n'y eut plus rien que leurs corps ondulant au rythme de la musique, et ses yeux d'azur dans les siens.

Une fois le slow terminé, Annie revint à la réalité.

— Tout le monde nous regarde, murmura-t-elle à l'oreille de Tiziano.

Elle le vit sourire, ses yeux plus sombres tout à coup.

— Tu es une très jolie femme, et quant à moi je suis extrêmement séduisant, répondit-il, avec ironie. Bien sûr que les gens nous regardent, ils ne peuvent pas faire autrement ! Viens, rentrons...

Il l'aida à enfiler son manteau, s'attardant un peu trop longtemps pour le boutonner, sans la quitter du regard.

Sans réfléchir, elle dit :

— Ce n'est pas pour cela qu'ils nous regardent, Tiziano, mais parce qu'ils s'imaginent ce que nous allons faire en rentrant chez nous...

Lentement, trop lentement, il s'écarta d'elle, mit son propre manteau, passa son écharpe autour de son cou.

— *Benissimo*, murmura-t-il. C'est exactement ce que nous voulons.

Il scruta son visage, et haussa un sourcil.

— N'est-ce pas ?

Annie écarta légèrement les lèvres, mais aucun son n'en sortit. Aucun mot. Elle crut alors voir un éclair triomphal passer dans le regard de Tiziano, bien vite évanoui.

Ils sortirent en même temps qu'un flot d'autres invités de l'immeuble qui hébergeait les festivités et longèrent rapidement les berlines rutilantes qui attendaient leurs propriétaires. Ils se glissèrent à la hâte à l'arrière de la voiture de Tiziano, soulagés d'être enfin à l'abri des regards curieux, moqueurs, hostiles... Le chauffeur s'engagea dans la circulation, et ils s'adossèrent confortablement dans leurs sièges.

Mais Annie n'arrivait pas à reprendre le contrôle de sa respiration.

— Et moi qui croyais que nous passerions pour un couple banal ! lâcha-t-elle d'un ton las.

Il se rapprocha d'elle.

— Tu me vexes, *cara*, répliqua-t-il d'un ton suffisant. Rien en moi n'est banal, je croyais que tu avais intégré cette donnée.

— Je croyais qu'une fois mon contrat terminé je pourrais m'effacer, redevenir celle que j'étais avant et passer le reste de ma vie à tester les huiles et les acryliques, et à prendre des cours d'aquarelle ! Mais je commence à réaliser qu'il n'y aura plus d'anonymat pour moi. Les gens me verront toujours comme celle qui a été un temps la maîtresse de Tiziano Accardi !

— Certaines seraient heureuses d'accéder à ce genre de notoriété, murmura Tiziano d'un air absent, comme s'il était sur le point de sombrer dans le sommeil.

— Tu savais que cela arriverait, n'est-ce pas ? demanda-t-elle doucement. Tu aimes donner l'impression que tu dépenses sans compter, mais la vraie raison pour laquelle tu as accepté d'effacer toutes mes dettes et de me donner autant d'argent d'avance, c'est que tu savais, n'est-ce pas ? Tu savais que ces quelques semaines me hanteraient toute ma vie.

— Je ne crois pas aux fantômes, répondit Tiziano d'un ton grave.

Elle se tourna alors vers lui.

— Je ne l'ai pas compris. Je ne pouvais pas comprendre ce qui m'attendait. Tu le savais, et c'est pour cela que tu m'as choisie !

Il ne nia pas.

— Le fait que tu n'aies pas le profil habituel est précisément ce qui rend la chose crédible.

Il se tourna vers elle, et en voyant les lumières de la ville jouer sur son visage elle pensa à un grand fauve, à un jaguar toujours en chasse, même lorsqu'il semblait au repos. Peut-être surtout à ce moment-là.

— Je t'ai prévenue, affirma-t-il, mais tu n'as pas eu l'air de t'en soucier. Tu avais sans doute d'autres priorités.

Annie eut un rire amer.

Elle était tentée de croire que de toutes les femmes qu'il avait pu fréquenter au cours de sa vie, elle était la seule à avoir partagé son quotidien, la seule à connaître certains détails sur lui, à l'exception peut-être de sa mère, dont il parlait si rarement. Et si elle savait tout cela, c'était précisément parce qu'elle n'était pas vraiment sa maîtresse, et qu'il n'exigeait pas d'elle ce qu'il prenait si facilement aux autres...

Elle n'était pas jalouse de ses anciennes conquêtes, pas du tout, mais trouvait injuste de ne pas être traitée comme elles. Pourquoi ce qui avait poussé toutes ces femmes dans les bras de Tiziano lui demeurait-il interdit ?

N'écoutant que son instinct, elle se tourna face à lui, se pencha plus près. Elle avait besoin de le regarder droit dans les yeux pour dire ce qu'elle s'apprêtait à lui dire. Et briser les règles qu'elle avait elle-même établies, afin de devenir la femme que tout le monde pensait qu'elle était déjà : la maîtresse de Tiziano Accardi. Pour de vrai cette fois.

— Quitte à voir ma réputation ruinée et à être condamnée à subir des ragots pour le reste de ma vie, autant que cela en vaille la peine, tu ne crois pas ?

# 8

Stupéfait, Tiziano ne bougea pas.

Il scruta son visage, mais ne vit rien d'autre que son beau regard gris rivé au sien, calme et serein. Annie semblait attendre qu'il ait saisi tout le sens de ce qu'elle venait de dire.

Après ce qui lui parut une éternité, il balbutia :

— Je crains de ne pas bien comprendre ce que tu veux dire.

— Je crois que si, au contraire, répondit-elle.

Elle laissa échapper un rire et redevint non plus le trophée qu'il exhibait à son bras à la moindre occasion, mais Annie, la merveilleuse femme qui refusait de se perdre dans le monde de paillettes qui était le sien. Alors qu'il aurait été si facile pour elle de savourer ce glamour, ce luxe, cet apparat…

L'argent changeait les gens, et très vite, mais Annie restait totalement elle-même. Sa gaieté, sa simplicité et sa curiosité demeuraient intactes.

— Je comprends que tu te refuses à faire des propositions malhonnêtes dans une cage d'escalier, car personnellement je trouve le siège arrière d'une voiture plus confortable. Qu'en penses-tu ?

Tiziano sentit son cœur tambouriner comme un fou dans sa poitrine.

— Je… ne suis pas contre l'idée, parvint-il à répondre, au comble de l'excitation.

Elle était assise sur le siège à côté de lui et, tout en parlant, elle replia les jambes sous la jupe à volants de sa robe, comme s'il s'agissait d'une couverture.

Tiziano avait été abordé, dragué, harcelé trop souvent pour pouvoir en faire le compte. Et de mille façons différentes. Mais il était certain de ne jamais avoir vu aucune de ces femmes sophistiquées s'asseoir ainsi, et se sentir aussi *à l'aise* en sa présence.

Comme si ce qu'elle lui proposait n'avait rien à voir avec les images torrides qui défilaient dans son esprit, encore et encore, lorsque son désir le tenait éveillé la nuit.

L'intimité de ce geste, de ce moment, songea-t-il alors que la voiture quittait la route et s'engageait dans l'allée qui menait à sa maison de Hampstead, était unique, précieuse. Et suscitait en lui une indicible émotion.

Il avait passé du temps avec Annie. Il avait appris à la connaître. Ensemble, ils avaient dîné, dansé, bavardé, et il lui avait confié des choses qu'il n'avait jusqu'alors jamais confiées à personne.

C'est sans doute pour cela qu'il se trouvait si démuni devant elle, lui qui avait pourtant l'habitude que les femmes prennent l'initiative.

— Tu songes à refuser ? demanda-t-elle, alors que le silence s'éternisait entre eux. Quelle ironie ! À en juger par le nombre de tes conquêtes, tu n'as pourtant pas l'air d'être très difficile ! Rien que ce soir, j'ai croisé plusieurs de tes anciennes maîtresses…

— Annie, la coupa-t-il d'un ton plus sec qu'il ne l'aurait

souhaité, pour retenir un cri de victoire qu'elle n'aurait sans doute guère apprécié, les hommes n'apprécient pas forcément qu'une femme se jette à leur tête. Ce sont des conquérants, et la plupart préfèrent avoir l'initiative...

Comme elle le regardait d'un air contrarié, il éclata franchement de rire, puis se pencha vers elle.

— Mais je ne peux rien te refuser, *cara*, tu le sais bien...

Elle n'était pas le moins du monde embarrassée. Au contraire, ses yeux gris étincelaient, et il lui sembla soudain que l'habitacle avait rétréci.

— Serais-tu donc secrètement romantique ? demanda-t-elle. Tiziano Accardi le don Juan aurait-il un cœur, après tout ?

Il n'eut pas le temps de répondre, car la voiture s'arrêtait devant la maison.

En proie à une foule d'émotions contradictoires, Tiziano ne savait pas quelle attitude adopter. Il se sentait au bord de l'explosion, mais savait ce n'était pas une proposition comme les autres. Et s'il n'était pas le romantique qu'Annie le soupçonnait d'être à ce moment-là – il y avait bien longtemps qu'il avait perdu ce genre d'illusions –, il attendait d'elle autre chose que du sexe.

Ce qui était surprenant de la part d'un homme qui avait la réputation d'être un amant insatiable, et adorait séduire.

Pourtant, Annie ne ressemblait pas aux femmes qu'il avait connues jusqu'alors. Elle était vierge, ce qui était pour le moins inhabituel. Cela ne l'effrayait pas, mais il se sentait sous pression. Elle avait décidé de lui faire don de sa virginité, et il voulait se montrer à la hauteur.

Mais il y avait autre chose... Quelque chose qui

rendait Annie différente de toutes les autres, et qui ne changerait jamais.

Elle était à lui.

Une digue sembla s'ouvrir en lui. C'était une douleur, une déchirure, mais il ne chercha même pas à résister. Il avait l'impression que sa vie basculait sous ses yeux, à ce moment précis.

Il y aurait un avant et un après. Lui qui avait toujours pris soin de se protéger pour ne pas souffrir, de ne pas laisser quelqu'un l'approcher de trop près, était sur le point de...

Il leva la tête. Le regard argenté d'Annie était toujours posé sur lui, son expression sans équivoque.

En cet instant, aucun homme n'aurait pu lui résister, et lui encore moins. D'ailleurs, il n'essaya même pas.

Sans un mot, il fit sortir Annie de la voiture et renvoya son chauffeur. Alors qu'elle se dirigeait vers la maison, il l'attrapa par la main et l'attira à lui.

Elle le regarda, la tête légèrement renversée en arrière. Le froid vif de la nuit avait rougi ses joues, et son large sourire était si proche qu'il en fut ébloui. Il avait l'impression d'être ivre, pourtant il n'avait pas bu une goutte d'alcool.

Tiziano la souleva dans ses bras, la porta jusqu'à l'escalier, puis franchit la grande porte que le personnel, attentionné, laissait toujours ouverte pour eux.

Une fois à l'intérieur, il entraîna Annie vers sa chambre. Et à chaque pas qu'il faisait, Tiziano revivait un moment qu'ils avaient partagé. Un regard, un souffle. Leur premier baiser...

Tout cela les avait menés ici, comme si c'était écrit. Comme s'ils étaient destinés l'un à l'autre.

Il avait connu de nombreuses femmes dans sa vie. Mais il n'y avait qu'une seule Annie et, devant elle, il s'était toujours senti un peu... vulnérable.

Il n'était pas venu dans cette maison depuis longtemps, mais il trouva quand même son chemin assez facilement, notant au passage que ces pièces qu'Annie habitait depuis plusieurs semaines s'étaient imprégnées de son odeur, savon et lavande mêlés.

Alors qu'il la déposait au pied de son lit, il fut pris d'une forte appréhension, qu'il mit du temps à identifier. Lui, anxieux ? Cela ne lui ressemblait pas. Il n'était pas du genre à se vanter de ses prouesses, préférant savourer le simple plaisir de découvrir les besoins et les désirs de son amante afin de mieux les satisfaire.

Mais Annie était différente. Tout en elle était différent et, pour la première fois, il se surprit à redouter le verdict d'une maîtresse. Pour lui, rien ne serait pire que de la laisser insatisfaite, et il sentit le doute s'insinuer en lui. Serait-il à la hauteur de ses attentes, de ses espoirs ?

Il se débarrassa de son manteau et le jeta au pied du lit.

Si cette femme n'était pas satisfaite, elle le lui dirait, songea-t-il. Et curieusement, il trouvait cela rassurant ! Il esquissa un sourire.

— Il y a quelque chose de drôle ? demanda-t-elle en l'observant avec attention.

— Puisque tu as souhaité jouer entièrement ton rôle de maîtresse, je veux m'assurer que tu recevras ton dû.

— Oui, c'est ce que je veux, murmura-t-elle.

Elle commença à déboutonner son manteau, mais il lui prit les mains pour stopper son geste : il voulait déballer lui-même le plus beau cadeau qui lui ait jamais été offert, savourer ce moment unique.

— Je suis sûre que tu sais ce que cela implique.

— Normalement, un homme n'a pas à séduire sa maîtresse, répondit-il.

Les yeux d'argent d'Annie posés sur lui le troublèrent au plus profond de son être.

— Peut-être que si les hommes le faisaient, leurs partenaires y trouveraient leur compte.

Il lui sourit en faisant glisser le manteau de ses épaules, qui tomba au sol dans un bruissement.

— On pourrait... essayer ?

Cette fois, quand il prit sa bouche, ce fut sans aucune retenue. Ils étaient seuls dans cette chambre, dans cette maison, et un grand lit les attendait. Personne ne les observait.

Le temps semblait soudain suspendu. Il n'y avait qu'eux, et la passion dévorante qui les poussait l'un vers l'autre.

— Il a fallu toute une équipe pour me glisser dans cette robe, dit-elle en souriant. Et il va falloir que tu te débrouilles seul pour me la retirer.

— Ce sera avec plaisir...

Debout derrière elle, il déposa des baisers sur sa nuque, dans son cou, tandis que ses mains s'affairaient sur la fermeture Éclair de sa robe, qui glissa bientôt à ses pieds...

Une fois qu'elle en fut libérée, il l'attira contre lui et goûta à son cou, avant de prendre de nouveau sa bouche avec ardeur.

Jamais de sa vie il n'avait autant désiré une femme, mais il s'efforça de maîtriser son impatience.

Fébrilement, il libéra ses seins de leur soutien-gorge, qu'il jeta au sol. Enfin, elle était nue devant lui, à l'exception d'un minuscule slip en dentelle champagne qu'il brûlait de lui retirer.

Elle respirait rapidement, ce qui l'excita davantage encore.

— Tu sais depuis combien de temps je rêve de ce moment ? demanda-t-il, avant de poser les mains sur ses hanches.

Il remonta jusqu'à sa taille étroite, puis saisit ses seins ronds dans ses paumes.

— Tu es si belle ! s'exclama-t-il. Et dire que je suis resté longtemps les bras croisés, en faisant semblant de ne rien remarquer !

Lentement, il commença à enlever ses propres vêtements, se débarrassant de sa veste, de sa cravate…

Mais il était trop impatient. N'y tenant plus, il posa la bouche sur ses seins, happant un mamelon qu'il taquina jusqu'à ce qu'il durcisse entre ses lèvres. Puis il fit glisser sa bouche jusqu'à sa taille avant de jouer avec son nombril.

Puis, enfin, il effleura le cœur de sa féminité, affolé par ce discret parfum de lavande, mêlé à sa troublante odeur de femme…

Tiziano l'allongea sur le lit, puis posa les coudes entre ses cuisses. Il aurait pu enlever le petit bout de dentelle qu'elle portait encore, mais il avait tellement rêvé de ce moment qu'il le lui laissa. Momentanément.

— Attends, *dolcezza*, murmura-t-il.

Tiziano glissa un doigt sous la dentelle, puis l'introduisit dans le cœur humide de sa féminité. Il la sentit tressaillir, puis s'abandonner…

Bientôt, il envoya valser la dentelle et posa la bouche sur son sexe pour lui prodiguer la plus intime des caresses, tandis qu'elle soupirait les mains dans ses cheveux. Lentement, comme si son corps prenait vie sous sa bouche, elle commença à soulever les hanches, et il sentit une sorte de triomphe l'envahir.

Le sexe de Tiziano était si dur qu'il lui faisait mal, mais la douleur faisait partie du plaisir... Sans se presser, il conduisit Annie au bord de l'orgasme, jusqu'à ce qu'elle lâche complètement prise.

Quand, enfin, elle jouit en criant son prénom, il laissa échapper un grondement victorieux.

Puis il se débarrassa rapidement du reste de ses vêtements et se glissa dans le lit avec elle, la serrant contre lui, ivre de bonheur. L'étrange impatience qu'il avait de la rendre heureuse le faisait presque se sentir... joyeux, lui aussi.

Comme si tout cela était inconnu. Comme s'ils avaient inventé un nouveau langage, connu d'eux seuls, et partageaient cette aventure intime en toute liberté.

— Tu es prête, *dolcezza mia* ? demanda-t-il d'une voix rauque.

Elle ne dit pas un mot, se contentant de lever la main pour la poser sur sa mâchoire couverte d'une barbe de trois jours. Elle suivit la ligne d'une pommette, puis de l'autre. Ce n'est qu'ensuite qu'elle traça la forme de ses lèvres, souriant lorsqu'il mordilla son pouce.

Il lova son corps encore plus étroitement contre le sien. Soudain, il n'y avait plus aucun obstacle entre eux, et il eut l'impression d'être nu avec une femme pour la première fois.

— Pourquoi cette question ? murmura-t-elle. Crains-tu que je ne veuille pas de toi ?

Il hocha la tête, trop ému pour prononcer un seul mot.

— Tiziano, dit-elle, je n'ai jamais voulu personne d'autre que toi.

Dans un soupir, il prit sa bouche, et le monde disparut dans l'ardeur de ce baiser.

# 9

L'instant d'après, il était en elle, et Annie eut le souffle coupé. Elle avait l'impression d'être enfin comblée, vivante. Son cœur battait à tout rompre.

Elle ne se rendit compte qu'elle avait fermé les yeux que lorsqu'elle sentit le contact de ses lèvres sur sa tempe, et son souffle dans son oreille.

— Ouvre les yeux, *dolcezza mia*, murmura-t-il.

Tiziano se tenait au-dessus d'elle, son beau visage empreint d'une expression qu'elle ne lui avait jamais vue auparavant. Et ses yeux étincelants étaient plus bleus que jamais. C'était comme s'il était un autre homme, différent de celui qu'elle connaissait, maintenant que leurs deux corps n'en formaient plus qu'un.

Il commença à bouger, lentement d'abord, puis un peu plus vite, faisant naître en elle des sensations délicieuses. Des sensations qui l'envahissaient tout entière, anéantissant toute pensée.

Elle prit une profonde inspiration, tandis qu'il pénétrait plus profondément encore en elle. Il était dur comme l'acier, et elle ressentit une légère douleur qui disparut aussi vite qu'elle était venue, cédant la place à un merveilleux sentiment de plénitude. Un sentiment qu'elle attendait depuis si longtemps qu'elle avait du mal à le croire bien réel.

— Je te fais mal ? demanda Tiziano à voix basse.

— Non...

Tiziano sourit, et Annie eut l'impression que son cœur allait exploser de bonheur. Et même si elle l'avait déjà vu sourire auparavant, c'était différent cette fois. Cette fois, il ne trichait pas, ne jouait pas la comédie. L'homme qui la tenait serré contre lui était le vrai Tiziano, le Tiziano qui lui avait plu dès le premier regard, et qui s'apprêtait à lui faire l'amour pour la toute première fois.

Comme s'il avait tout son temps, Tiziano se pencha vers elle et commença à déposer une pluie de baisers sur son visage, sans jamais toucher ses lèvres.

Elle laissa échapper un soupir impatient, mais il l'ignora, se contentant de sourire à nouveau. Il posa la bouche sur son cou, ses seins, tout en continuant de bouger doucement en elle...

N'y tenant plus, Annie souleva les hanches pour l'inviter à accélérer le rythme. Elle le désirait follement, et il le savait. Pourtant, il continuait de jouer avec elle, comme pour rendre ce moment plus léger, pour détendre la situation...

Soudain, Tiziano s'allongea sur elle et les fit basculer tous deux, de sorte qu'elle se retrouva au-dessus de lui. D'abord timide, elle commença à onduler, et sentit une chaleur nouvelle inonder son sexe, son ventre... C'était à la fois merveilleux et inquiétant, car elle se sentait sur le point de perdre le contrôle.

— Continue..., souffla-t-il.

Il l'observait à travers ses paupières mi-closes, et cela l'excitait au plus haut point.

La tête renversée en arrière, Annie accéléra le rythme, l'accueillant au plus profond d'elle. Le plaisir était si fort qu'elle se laissa emporter, prise dans une sorte de transe érotique… Lorsque les mains de Tiziano quittèrent ses hanches pour caresser ses seins, elle se crut au paradis. Puis il descendit jusqu'à son sexe, et posa le pouce sur son bouton sensible qu'il commença à agacer doucement…

Au bord du gouffre, elle sentit une vague grandir en elle, menaçant de la submerger tout entière…

Un instant plus tard, elle était de nouveau sur le dos, et nouait les jambes autour de sa taille, brûlant d'un feu impossible à éteindre.

Il murmura quelques mots indistincts en italien, et son regard capta le sien. Il se retenait, elle le sentait, et elle ne voulait pas de cela. Elle se donnait sans retenue, et voulait qu'il fasse de même.

— Laisse-toi aller, je t'en prie, Tiziano…, murmura-t-elle, sans reconnaître sa propre voix. Viens…

Comme s'il n'avait attendu que cela pour laisser s'exprimer la passion qui le dévorait, Tiziano la posséda, encore et encore, et ce fut un véritable tsunami d'émotions qu'elle sentit déferler en elle, dévastant tout sur son passage, anéantissant toute pensée, toute raison…

Alors, enfin, Annie sombra dans un plaisir inouï, tout en criant le prénom de l'homme qui venait de faire d'elle une femme à part entière.

Était-elle morte ? Elle l'ignorait, tout comme elle ignorait combien de temps ils s'étaient aimés, là, dans l'intimité de cette chambre.

Il l'avait délestée de son poids, mais restait allongé

tout contre elle, un bras posé sur son ventre. Alors qu'ils reprenaient leur souffle, Annie se concentra sur ce bras fort et musclé qui la retenait, l'ancrait dans l'instant présent. Elle se perdit un moment dans l'odeur de sa peau, salée, iodée comme l'air du bord de mer, d'une plage balayée par le vent. Les yeux fermés, elle sentait un léger picotement sur sa peau, là où sa barbe naissante l'avait touchée...

Allongée dans le noir, dans une merveilleuse torpeur, Annie ne savait pas si Tiziano était endormi ou éveillé. Mais cela n'avait guère d'importance. Il y avait de la lumière derrière les grandes baies vitrées, et elle admira longuement l'astre de la nuit, dont la présence calma quelque peu l'incendie que Tiziano avait allumé en elle.

Après toutes ces fêtes, ces bals, ces robes et ces réunions en tout genre, c'était la première fois qu'elle ressentait un tant soit peu l'esprit de Noël.

Il avait suffi pour cela d'une toute première étreinte...

À cette pensée, elle sentit sa gorge se nouer. Oui, Tiziano avait été son premier amant. Mais elle n'en voulait pas d'autre, et demeurerait fidèle à ces instants magiques qu'elle venait de vivre entre ses bras. Même si elle s'était fait connaître dans certains cercles comme la maîtresse de cet homme, rôle qu'elle occupait maintenant pleinement, leur « arrangement » n'était que provisoire. Les maîtresses passaient d'un homme à l'autre, elle le savait. Elle le lisait dans les regards méprisants des hommes, relations ou partenaires d'affaires de Tiziano, qui ne voyaient en elle qu'une vulgaire marchandise.

Pourtant, elle serait la femme d'un seul homme, se jura-t-elle.

Tiziano avait réussi à la convaincre d'accepter de

conclure avec lui un pacte à la fois étrange et dangereux. Un pacte qu'elle avait d'abord douté de pouvoir honorer, avant de se prendre au jeu…

Oui, elle devait bien l'avouer : elle avait adoré jouer le rôle de maîtresse de Tiziano, et s'en était acquittée avec brio. Hélas ! loin d'être anodin, ce jeu avait eu des conséquences.

*Oh ! mon Dieu !* songea-t-elle, *je suis tombée amoureuse de lui !*

Soudain, il murmura quelques mots en italien et posa la bouche sur son épaule. Elle frissonna, sentant la flamme du désir se raviver en elle. Mais comme Tiziano ne faisait pas mine de bouger, Annie relâcha le souffle qu'elle avait retenu et regarda de nouveau la lune, au-dehors.

Mais cette fois-ci, une vague de chagrin la submergea. Comme elle aurait voulu que sa mère soit encore en vie, pour être témoin de son bonheur ! Que sa grand-mère soit elle aussi de ce monde, et sa sœur présente à ses côtés.

À ce moment-là, elle aurait donné n'importe quoi pour avoir quelqu'un à qui parler, une présence familière.

Elle aurait donné tout ce qu'elle avait pour partager ses sentiments, ses impressions, ses espoirs avec quelqu'un qui la comprenait !

À côté d'elle, Tiziano s'agita de nouveau, et elle se tourna vers lui, le sourire aux lèvres, malgré les sanglots qu'elle sentait monter en elle. Elle sentit son corps, de plus en plus lourd contre le sien, et le contempla. Il avait les cils sombres et bien trop longs pour un homme. Son visage, au repos, semblait presque angélique, alors qu'il n'avait rien d'un ange…

Soudain, il ouvrit ses merveilleux yeux bleus, qui capturèrent les siens.

— Tu n'as jamais eu de maîtresse régulière avant, n'est-ce pas ? demanda Annie.

Elle n'avait pas la moindre idée de la raison pour laquelle ces mots avaient jailli. Elle cligna des yeux, sans savoir si elle était désolée ou secrètement satisfaite de les avoir prononcés.

Tiziano éclata de rire, et éluda la question.

— As-tu remarqué que nous étions nus tous les deux ? répliqua-t-il. Tant de possibilités s'offrent à nous ! Nous pourrions prendre un bain ensemble, boire une bouteille de champagne et faire de nouveau l'amour... Pourquoi s'embêter avec des questions ?

Elle voulut s'excuser, mais se contenta de sourire.

— Tu as raison. Il n'y a personne pour nous surveiller ici, dit-elle, et c'est justement l'occasion ou jamais de poser les vraies questions.

— D'ordinaire, les gens sont plus intéressés par mon compte en banque que par ma vie sentimentale, répondit Tiziano d'un air amusé. Ils veulent connaître le nombre exact de voitures de sport dont je dispose, et savoir quelles œuvres d'art ornent les murs de ma somptueuse demeure. Ou si mon frère a trouvé une femme pour lui donner les héritiers dont la famille a besoin pour assurer la relève. Des questions normales, en somme.

Il se redressa sur un coude, laissant courir la main sur le corps d'Annie, soulignant la courbe de sa hanche, de ses cuisses...

— Es-tu certaine de vouloir connaître l'histoire de mes maîtresses ? J'ai l'impression que cela ne peut que te décevoir, lui susurra-t-il, tout en promenant sur son corps un regard brûlant.

Vaincue, elle posa la main sur sa poitrine, et glissa les doigts dans sa fine toison noire.

— Tu aimes ça ? demanda-t-elle d'une voix assourdie par le désir.

N'écoutant que son désir, Annie posa la bouche dans le creux entre ses pectoraux, puis descendit le long de son ventre dur, s'imprégnant de sa chaleur. Et lorsqu'elle atteignit ces fins sillons en V qui descendaient vers son membre déjà dressé, elle s'arrêta et leva les yeux vers lui. Il était sur le dos, un bras derrière la tête, et la regardait avec nonchalance.

Il n'en fallut pas plus pour attiser la flamme qui couvait en elle, et décupler le désir qu'elle avait de lui.

Alors, Annie ne parla pas d'amour. Ni de chagrin ni de sa crainte de le perdre dès que ce stupide contrat prendrait fin.

Elle garda ses émotions pour elle, bien décidée à profiter de ces instants bénis qui leur étaient offerts.

Sans quitter Tiziano du regard, elle se pencha sur son sexe tendu, qu'elle prit dans sa bouche pour lui prodiguer la plus audacieuse, la plus intime des caresses.

# 10

Noël était arrivé trop tôt, et Annie n'avait pas eu le temps de s'y préparer.

Elle se tenait dans la salle de bal de l'un des hôtels les plus luxueux de Londres, entourée de petits salons décorés avec faste. Sous les sapins somptueusement décorés se tenait le gotha londonien, venu assister à un gala de charité. Sous les lustres de cristal, les bijoux resplendissaient, et Annie ne put s'empêcher de se sentir un peu décalée, dans cette haute société qu'elle n'avait pas l'habitude de fréquenter.

En tout cas, songea-t-elle, elle n'avait jamais attendu Noël avec autant d'impatience ! Elle aspirait au calme, à la sérénité de cette période traditionnellement dédiée au repos et aux réunions familiales.

Car malheureusement, ce n'était pas la paix mais le chaos qui régnait en elle, à ce moment-là. Et elle aurait tout donné pour revenir en arrière, pour ne plus être la maîtresse attitrée de Tiziano Accardi. Même si cette idée lui faisait mal, car cela signifiait qu'elle l'avait déjà perdu. Mais cela valait mieux que le déchirement qu'elle devrait subir si elle décidait de poursuivre cette aventure. Oui, mieux valait une rupture franche et nette.

C'est ce soir-là que devaient être annoncées les fiançailles de Tiziano et de Victoria Cameron. Malgré la liaison très publique du cadet des Accardi avec Annie, dont les tabloïds avaient fait des gorges chaudes ces dernières semaines, les fiançailles n'avaient pas été annulées.

Aux dernières nouvelles, le frère de Tiziano était toujours déterminé à imposer cette union. Mais récemment, Tiziano l'avait informée presque en passant que cette annonce ne changerait rien à leur accord : ils continueraient comme ils l'avaient toujours fait, qu'il soit marié ou non ! De toute façon, avait-il précisé, il ne s'agirait que d'un mariage de convenance, et il comptait bien conserver sa liberté ! Une liberté que les tabloïds ne manqueraient pas d'évoquer.

« Tu étais tellement sûr que ça marcherait ! Je comprends que tu sois contrarié que ton plan ne fonctionne pas comme tu l'avais escompté ! » lui avait-elle répondu, ne sachant pas si elle était déçue pour lui ou heureuse de voir se prolonger leur liaison au-delà de ce qui avait été prévu. « Ce n'est pas grave, avait-il répondu d'un ton léger. Les tabloïds se concentreront sur moi, pas sur toi. Cela incitera peut-être Everard Cameron à faire ce qu'il aurait dû faire il y a des mois déjà... »

Tout en disant cela, il avait posé sur elle un regard intense, passionné, qui l'avait troublée au plus profond d'elle-même.

Les semaines précédentes avaient été comme un rêve, pour Annie. Un rêve éveillé. D'un côté, rien n'avait changé. En apparence, elle vivait la vie d'une femme entretenue, et c'est effectivement ce qu'elle était – à tous points de vue. Chaque jour, elle faisait ses longueurs dans la piscine, puis déjeunait tranquillement, avant de laisser les domestiques de Tiziano la transformer en une superbe créature qu'il exhiberait le soir même lors d'un événement mondain. Le lendemain, le cycle recommençait : Tiziano et elle participaient à une autre fête, où ils faisaient tout pour convaincre que leur histoire était une histoire d'amour à nulle autre pareille.

Mais la différence, c'était qu'une fois la soirée terminée il ne la raccompagnait pas chez elle pour lui souhaiter bonne nuit et lui donner un baiser sur le pas de sa porte.

Parfois, il ne supportait pas d'attendre la fin du trajet et la prenait sur le siège arrière de la voiture, tandis que Londres défilait par les vitres et qu'elle étouffait ses cris de plaisir dans le creux de son cou. Parfois, lorsque le chauffeur la déposait chez lui avant une soirée, il la jetait sur son épaule et la portait jusqu'à son lit, où il prenait un malin plaisir à défaire tout ce que ses assistants avaient mis tant de soin à élaborer.

Leurs étreintes étaient si passionnées, leur plaisir si vif, qu'Annie ne pouvait s'empêcher de se demander comment elle ferait pour reprendre une vie normale après ça. Serait-elle de nouveau elle-même ?

D'autres fois aussi, elle se moquait bien du lendemain, blottie contre lui après l'amour, le cœur battant la chamade. À chaque été succédait l'automne, elle le savait, alors à quoi bon y songer ? Elle n'échapperait pas à l'hiver qui suivrait, de toute façon...

Mais quand Tiziano lui souriait, elle oubliait tout, pour ne songer qu'à ce qui se passerait quand ils se retrouveraient seuls, en privé, sans personne pour les observer, les espionner, les juger.

« *Dolcezza mia*, ma douceur », c'était ainsi qu'il l'appelait, et cela la comblait de joie. Rien d'autre ne comptait que Tiziano et, après cette première nuit passée ensemble, elle avait cessé de prêter attention aux réactions des autres. Peut-être parce qu'elle ne voulait pas savoir ce que les gens lisaient sur son visage, ni ce qu'ils pensaient d'elle, de lui. Annie avait le cœur à vif. Un cœur déjà à demi brisé, car cette parenthèse enchantée, elle le savait, n'était pas censée durer.

Cependant, au fil des jours, ce sentiment s'était atténué. De toute façon, il était impossible d'aimer Tiziano sans s'abandonner entièrement à chaque moment qu'elle vivait avec lui. Alors elle avait cessé d'essayer.

« Je ne veux pas m'avancer, avait dit Roxy lors d'une de leurs conversations téléphoniques, mais tu as l'air de t'être un peu détendue ces derniers temps. »

Sa sœur l'appelait presque tous les jours, sans qu'elle comprenne pourquoi.

« Je suis devenue une célébrité, tu sais ! lui avait dit Annie non sans vantardise, convaincue que sa sœur ne serait pas impressionnée par ces paroles. Et sais-tu ce que je suis censée faire, en tant que maîtresse officielle d'un homme en vue ? »

« Tout le monde sait ce que les femmes comme toi font de leurs journées ! » avait répondu Roxy d'un ton sec.

Annie avait eu l'intention de parler de ses visites au spa, de ses soirées et des nombreux moments de farniente qu'elle s'accordait, mais elle avait préféré s'abstenir.

« En effet, j'admets que ce mode de vie n'est pas désagréable », avait-elle simplement répondu.

Mais sa sœur en avait rajouté, comme toujours.

« Je pense que je préférerais être une épouse un peu gâtée, avait-elle répliqué d'un ton léger, comme si l'on pouvait choisir ce genre de chose dans un menu. Tout ce qu'on a à faire, en tant qu'épouse, c'est avoir un enfant, et le tour est joué ! Une fois ce devoir accompli, on est à l'abri du besoin pour toujours ! »

Annie avait conclu cette conversation avec légèreté, en lui souhaitant un joyeux Noël, alors que si sa sœur avait été en devant elle, elle lui aurait volontiers tordu le cou ! La distance qui les séparait lui autorisait ce détachement, et c'était mieux ainsi.

Et comment pourrait-elle se plaindre, alors que c'est grâce à la trahison de Roxy qu'elle avait connu Tiziano ? Car même si Annie savait qu'elle était à bord d'un train lancé à toute allure qui finirait fatalement par dérailler, elle ne le regrettait pas.

Pas un seul instant.

« Un de ces étés, il faudra que je revienne, lui avait dit Roxy la veille. Nous pourrions aller à Whitby comme nous le faisions avec papa et maman. Manger des sandwichs détrempés au bord de la mer et nous plaindre du froid. »

Elle avait marqué une pause, et Annie avait senti qu'elle était émue à l'évocation de ces souvenirs. « Si tu n'es pas occupée à jouer les jet-setteuses, bien sûr ! » avait ajouté sa sœur.

Il y avait tant de choses qu'Annie aurait pu répondre à cela !

Elle aurait pu demander des comptes à sa sœur, lui rappeler qu'elles devaient encore avoir une discussion au sujet de ses dettes, de sa responsabilité et de tout le reste...

Mais elle se surprit à songer à sa prochaine baignade

dans la mer. Au prochain slow qu'elle danserait dans les bras de Tiziano, au milieu de tous ces gens joyeux, sans avoir la moindre idée de ce qui les attendait.

Parce qu'on ne peut jamais rien prédire, et que nul ne sait jamais de quoi demain sera fait.

« J'aimerais bien, avait-elle répondu avec douceur. Cela me rappellerait de bons souvenirs. »

Annie n'aurait jamais cru que sa relation avec sa sœur aurait pu être réparée. Mais chaque fois qu'elle raccrochait après avoir discuté avec elle, ces jours-ci, elle se sentait mieux. Plus légère.

Comme si elle avait pardonné à Roxy ses écarts, sans même y prendre garde.

C'était peut-être logique, pensa-t-elle. Après tout, Noël approchait, et c'était la saison pour ce genre de choses, n'est-ce pas ?

Pendant ce temps, Tiziano et elle continuaient leur mascarade. Car le frère de celui-ci ne désarmait pas, et même si Tiziano était persuadé que le père de sa fiancée ne tarderait pas à y mettre fin en fixant la date des noces, rien ne se produisait.

— Tu te souviens de m'avoir dit que cette comédie ne durerait qu'une semaine ou deux ? avait-elle lancé, la veille, alors qu'ils rentraient d'un gala de bienfaisance.

Tiziano avait posé la main sur sa jambe, dans un de ces gestes annonciateurs d'une étreinte torride qui provoquaient toujours en elle un délicieux frisson.

— Cela signifie-t-il que tu n'apprécies plus ma compagnie et que tu veux mettre fin à notre contrat, *dolcezza mia* ? Cela me rend triste, tu sais…

Il était plus beau ce soir-là qu'il ne l'avait jamais été, comme tous les soirs, avait-elle songé avec tendresse. Plus Annie passait de temps avec lui, plus elle en apprenait sur lui, plus elle le trouvait beau. Irrésistible, même.

C'était injuste. Mais à ce moment-là, tout lui semblait injuste.

— Je ne veux pas que cette comédie se poursuive après l'annonce de tes fiançailles, avait-elle répondu, la mort dans l'âme.

Même si chaque mot lui avait fait l'effet d'un coup de poignard, elle ne pouvait s'empêcher de vouloir en finir avec cette aventure qui, elle le savait, était vouée à l'échec.

— Ce sera pour demain, n'est-ce pas ?

— Il n'y aura pas d'annonce, avait-il marmonné.

— Je trouve cela très amusant de jouer les maîtresses, avait-elle reprit avec douceur, mais pas lorsqu'une vraie fiancée attend dans les coulisses.

Elle avait pris sa décision dans la piscine, en retenant les sanglots qu'elle sentait monter en elle. Elle avait besoin de prononcer ces mots à voix haute, sous peine de les enfouir au plus profond de son cœur.

— Il n'y aura pas d'annonce, Annie, avait répété Tiziano, plus déterminé que jamais.

Puis il avait passé le reste du trajet jusqu'à l'hôtel à lui faire oublier cette discussion pénible. Il était très doué pour donner à Annie l'impression qu'elle vivait un conte de fées, qu'elle était sa princesse, la seule femme qui comptait à ses yeux. Mais elle savait très bien qu'il n'en était rien. Elle avait depuis longtemps cessé de croire au prince charmant.

Elle en eut la preuve éclatante lors du gala de charité où l'annonce des fiançailles devait avoir lieu. Pendant que Tiziano était parti discuter avec son frère, Annie fit ce qu'elle faisait toujours dans ce genre de soirées : elle se tint à l'écart, tout en souriant mystérieusement et en faisant de son mieux pour avoir l'air parfaitement à l'aise. Comme d'habitude, les gens chuchotaient en jetant des regards curieux dans sa direction. Mais, vu qu'elle assumait dorénavant pleinement son rôle de maîtresse officielle et n'avait plus honte de l'image qu'elle renvoyait, elle se moquait de ce que ces inconnus pensaient d'elle, et parvenait à les ignorer.

Parce que tout cela n'avait pas d'importance.

Ils ne la connaissaient pas. Pas plus qu'ils ne connaissaient Tiziano. Elle seule savait ce qu'il ressentait, dans le secret de son cœur.

Même si elle aurait voulu qu'il en soit autrement, elle savait aussi que Tiziano avait tout intérêt à poursuivre cette comédie le plus longtemps possible, car il n'avait rien d'autre à quoi se raccrocher. Et elle non plus, d'une certaine manière.

Elle termina l'unique verre de vin qu'elle s'était autorisé ce soir-là – parce qu'il valait mieux rester maîtresse d'elle, ici, dans cette fosse aux lions –, puis se retourna pour le poser sur la table la plus proche. Alors qu'elle se redressait, une femme se posta devant elle.

Et ce n'était pas n'importe quelle femme.

C'était Victoria Cameron en personne, la promise de Tiziano, dont les fiançailles devaient être annoncées à l'issue de cette soirée.

L'espace d'un instant, elles se jaugèrent du regard, et Annie se prépara au pire.

Au lieu de cela, Victoria lui sourit.

— J'ai pensé que nous devrions nous rencontrer.

Sans pouvoir s'en empêcher, Annie demanda :

— Pourquoi ? Ne croyez-vous pas qu'il vaudrait mieux continuer à nous lancer des regards hostiles, à travers la pièce ? C'est ce que tout le monde semble attendre de nous, vous ne croyez pas ?

Très à l'aise dans sa robe dorée et ses talons vertigineux, Victoria était une jolie blonde aux formes généreuses, un modèle de raffinement et de bonne éducation. Tout ce qu'Annie n'était pas, et pourtant elle n'était pas mal à l'aise en sa présence. Elle se sentait capable d'échanger d'égale à égale avec cette femme qui était pourtant sa rivale – du moins en théorie. Peut-être parce que le sourire de Victoria lui semblait sincère. Celle-ci ne semblait pas froide et snob, comme tant d'autres femmes qu'Annie avait rencontrées dans ce genre de soirées.

— Les ragots iront bon train de toute façon, que ça nous plaise ou non, dit Victoria en haussant les épaules. Et ces personnes se moquent bien de ce que nous pouvons penser ou ressentir ! Entre vous et moi, je pense que c'est tout ce qu'ils savent faire : dire du mal des gens.

Annie se risqua à sourire.

— Vous devez me trouver bien quelconque, n'est-ce pas ? En tout cas, c'est ce que les journaux disent de moi... quand ils me mentionnent ! ironisa Annie.

Victoria éclata de rire, puis, à la grande surprise d'Annie, se pencha pour passer le bras sous le sien dans un geste fraternel.

— C'est mon père qui veut que j'épouse Tiziano, lui confia-t-elle. Et j'ai donné mon accord, parce que cela me semblait être le moyen le plus simple d'échapper à son emprise. Pour être honnête, je trouvais même cette idée amusante, au départ. Tiziano a la réputation d'être un jet-setteur, et je pensais qu'avec lui la vie serait une éternelle fête. Qu'il m'offrirait une existence de rêve et serait assez tolérant pour accepter que nous ayons chacun notre jardin secret… Bref, le couple idéal !

Annie eut l'impression que sa poitrine était prise dans un étau, et sentit le souffle lui manquer.

— Vous savez, il est assez sérieux, en fait, réussit-elle à dire.

Victoria scruta son visage, avant de murmurer :

— J'ai vu la façon dont il vous regarde… et cela risque de compliquer un peu les choses. Je m'attendais à une relation plus superficielle, entre vous, qui ne remettrait pas en cause le mariage de pacotille que je m'apprête à célébrer avec Tiziano. Un arrangement commercial, rien de plus.

Annie se sentit soudain étrangement coupable, ce qui n'avait aucun sens. Cette femme était une étrangère. Une étrangère qui risquait d'épouser l'homme qu'elle aimait, rien de moins !

— Il faut se marier par amour, non par intérêt, déclara-t-elle alors en fronçant les sourcils. Ou pour aucune autre raison !

Victoria lui sourit, mais une lueur de tristesse traversa son regard.

— L'amour est le seul luxe que je ne puisse pas m'offrir, répondit-elle avec un sourire amer. Je vous laisse…

Comme Annie faisait mine de protester, Victoria poursuivit :

— Ne vous inquiétez pas. J'aurai personnellement une conversation avec Ago Accardi. Mon père et lui aiment prendre des décisions entre eux, sans même me consulter, mais la bonne nouvelle c'est qu'Ago, contrairement à mon père, n'est pas dépourvu de compassion. Il ne me forcera pas à épouser son frère si je ne le souhaite pas. Or, je ne le souhaite pas. Je voulais que vous le sachiez.

Annie aurait voulu lui dire que cela n'était pas nécessaire. Qu'elle pouvait aller de l'avant et épouser Tiziano, parce que le genre de relation superficielle dont parlait Victoria était exactement ce dont il avait besoin. C'était la seule chose qu'il connaissait, et il se sentait à l'aise avec ce genre de vie. Les moments intenses qu'ils avaient partagés ne pouvaient pas durer, ils le savaient tous deux depuis le début.

Et pour sa part, elle doutait fort pouvoir un jour revivre un tel bonheur avec un autre.

Pour l'heure, en tout cas, elle avait besoin de prendre un peu de recul par rapport à tout cela. Par rapport au personnage qu'elle était censée être, et à Tiziano lui-même. Elle avait besoin de reprendre son souffle, de faire le point sur sa situation. L'annonce des fiançailles serait l'occasion rêvée de tirer sa révérence, d'oublier cette folie...

Annie s'apprêtait à expliquer tout cela à Victoria, mais ne put lâcher qu'un bref : « Merci. »

Puis elle resta plantée là, stupéfaite, comme si elle n'était que spectatrice de la scène qui se déroulait entre sa prétendue rivale et elle...

Après avoir hoché la tête, Victoria lui serra une nouvelle fois le bras comme elle l'aurait fait avec une amie, puis s'éloigna sans ajouter un mot.

Annie était encore là, sous le choc quand Tiziano vint la rejoindre.

— M'accorderas-tu cette danse ? demanda-t-il d'un ton léger, la bouche contre son oreille.

Elle dut lutter pour ne pas s'appuyer contre lui, dans cette posture d'abandon qu'elle aimait tant.

— Il est presque minuit, et Ago n'a toujours pas fait d'annonce. Il a encore menti, comme il sait si bien le faire, et je pense que nous n'avons pas grand-chose à craindre pour aujourd'hui.

Annie aurait pu lui dire qu'il n'y aurait pas d'annonce officielle. Au lieu de cela, elle se laissa entraîner sur la piste de danse, et se lova contre lui, avant de s'abandonner au rythme d'un slow langoureux. Puis elle ferma les yeux et posa la joue contre son épaule, car elle ne voulait pas qu'il voie le chagrin qui grandissait en elle, menaçant de la submerger tout entière.

Plus tard, alors qu'il lui faisait l'amour avec passion, presque avec violence, elle songea que c'était peut-être la dernière fois. Le lendemain, ou le jour d'après, Tiziano lui annoncerait que son plan avait fonctionné, et leur arrangement prendrait fin.

Ce n'était peut-être pas pour tout de suite, certes, mais à quoi cela servirait-il de faire traîner les choses ?

Tôt ou tard, Tiziano se souviendrait que leur aventure ne pouvait le mener nulle part, et il y mettrait fin.

Annie aurait le cœur brisé, inéluctablement. Même la femme qui devait épouser Tiziano avait deviné qu'elle était amoureuse de lui. Elle avait aussi compris, sans doute, que cette relation était vouée à l'échec, même si elle avait eu trop de tact pour le mentionner. La seule chose qu'Annie pouvait faire était choisir le moment où elle partirait, où elle quitterait cet homme pour ne plus jamais le revoir, pour ne plus souffrir…

C'est ainsi que, bien plus tard dans la nuit, alors que la fête de Noël battait son plein dans les foyers alentour, elle se glissa hors de la vaste maison de Hampstead. Elle ne prit que quelques-unes des choses qu'elle avait apportées avec elle, et très peu de celles que Tiziano lui avait offertes. Après avoir enfilé un manteau bien chaud, elle sortit dans le froid vif de la nuit et se dirigea vers le centre-ville, distant de plusieurs kilomètres. Elle trouva un taxi qui déposait des fêtards et offrit au chauffeur une belle somme pour qu'il la conduise hors de Londres.

# 11

Lorsque Tiziano se réveilla et trouva le lit vide, il fut déçu, mais pensa qu'Annie était en train de boire un café, ou de prendre un bain. Il s'étira dans la lumière du petit matin et se félicita d'avoir si bien arrangé les choses.

Car la soirée du réveillon était passée, et Ago n'avait fait aucune déclaration, pas plus d'ailleurs qu'Everard Cameron. Malgré toute la pression de ces dernières semaines, ses fiançailles avec Victoria n'avaient pas été annoncées à tous ces gens rassemblés la veille pour l'événement mondain le plus couru de la saison.

Il avait gagné.

Son frère ne l'avait peut-être pas encore admis, mais Tiziano connaissait la vérité : il avait gagné la bataille. Ses fiançailles n'auraient pas lieu !

Plus important encore, Ago avait formulé une menace qu'il n'avait pas été en mesure de mettre à exécution.

Cela signifiait deux choses : d'une part, que son frère allait y réfléchir à deux fois avant d'essayer à nouveau de s'en prendre à lui ; d'autre part, que Tiziano était parfaitement libre de faire ce que bon lui semblait sans avoir à se soucier des rumeurs, des tabloïds ou de ce qu'on en penserait dans les cercles les plus influents.

Il entra dans la vaste salle de bains, s'attendant à trouver Annie dans la baignoire, ou occupée à choisir sa tenue du jour dans sa garde-robe. Mais elle n'était pas là. Avec une légère appréhension, il se rendit dans la suite qui lui avait été attribuée. Elle n'y était pas non plus, constata-t-il après avoir fait le tour du mausolée qu'était cette maison trop grande pour lui.

De plus en plus inquiet, il interrogea son personnel, qui lui apprit qu'elle était partie peu avant l'aube.

Sous le choc, sa première réaction fut d'appeler Catriona, parce qu'il devait faire quelque chose. Annie ne pouvait pas le laisser tomber ! C'était impossible ! Comment aurait-elle pu le quitter ainsi, sans explication ? Les battements de son cœur s'accéléraient, et il dut s'asseoir pour tenter de se calmer.

— Donnez-moi son adresse ! cria-t-il au bout du fil.

— Cela ne servirait à rien, hélas ! expliqua Catriona avec douceur. Nous avons résilié son bail lorsqu'elle a emménagé dans votre propriété de Hampstead. L'idée étant qu'une fois son contrat rempli elle aurait les moyens de vivre dans un logement plus décent qu'une simple chambre d'étudiant.

— Et où est-elle allée, d'après vous ?

Tiziano grinça des dents. Il passait en revue tout ce qu'Annie lui avait dit en tentant d'y trouver des indices.

— Elle a été élevée par une tante, n'est-ce pas ?

— En effet, répondit Catriona, avec une telle rapidité que Tiziano comprit qu'elle ne consultait aucune note.

Cette femme était une vraie perle, et d'une efficacité redoutable.

— Mais je crois que la tante de Mlle Meeks a pour habitude de passer les fêtes de fin d'année en Espagne, au bord de la mer. Même si elle avait eu l'intention de la rejoindre, il est peu probable qu'elle ait réussi à prendre un vol aussi tôt le matin de Noël.

C'est alors que Tiziano prit réellement conscience qu'on était le 25 décembre : le jour de Noël !

Il le savait, bien sûr, puisque la veille ils s'étaient rendus à une soirée de réveillon. Mais étrangement, il ne s'était pas arrêté à ce détail lorsqu'il s'était agi d'appeler Catriona à la rescousse.

C'était quelque chose qu'il n'aurait même pas remarqué s'il n'avait pas passé ces dernières semaines en compagnie d'une secrétaire qui s'était toujours montrée très critique sur la manière dont il se comportait avec son personnel.

— Veuillez m'excuser, dit-il alors. Je ne suis pas tout à fait moi-même. Je ne devrais pas vous déranger le jour de Noël. Sous aucun prétexte. Désolé…

Ces mots lui parurent étranges dans sa bouche. Et manifestement, Catriona était aussi surprise que lui, car elle garda quelques instants le silence.

Puis son assistante, qui n'avait pas froid aux yeux, toussa pour tenter de dissiper le malaise qui s'était installé, avant de déclarer :

— Ce n'est pas du tout un problème. Mes petits-enfants n'arriveront que dans une heure.

Tiziano comprit alors que si Catriona connaissait chaque détail de sa vie, c'était la première fois qu'il entendait parler de ses petits-enfants. C'est tout juste s'il savait qu'elle était mère de famille elle-même ! Qu'elle avait aussi sans doute un mari, et une vie riche et bien remplie.

*Tu ne fais pas vraiment attention aux gens qui vivent*

*autour de toi,* se reprocha-t-il, amer. *Pas étonnant, dans ces conditions, qu'Annie t'ait quitté !*

— À propos de petits-enfants, dit Catriona, d'un ton qui montrait clairement qu'elle ne parlait pas des siens – et ne les évoquerait sans doute plus jamais en sa présence –, Mlle Meeks et sa sœur étaient les seules bénéficiaires du testament de leur grand-mère.

Elle se racla la gorge, ce qui chez elle était le signe d'un stress intense, puis lâcha :

— Si je devais trouver où elle est allée, je parierais sur le cottage de sa grand-mère, dans les Cotswolds. Je vous envoie l'adresse par texto immédiatement.

— Merci, Catriona, dit Tiziano.

Il marqua une pause, puis ajouta :

— Et j'espère que vous passerez un très bon Noël en famille.

Catriona émit une sorte de soupir étranglé, puis raccrocha.

Une fois cette conversation terminée, Tiziano resta planté là, dans le hall d'entrée immaculé de cette maison trop grande. Il était préoccupé par l'état de son cœur qui, soudain, battait beaucoup trop fort. Chaque battement lui faisait mal, comme s'il était en train de se fissurer…

Il se redressa avec vigueur. Ce n'était pas le moment de s'inquiéter de telles choses. Il devait retrouver Annie, et vite !

En un éclair, Tiziano s'habilla et quitta le nord de Londres, en se félicitant de ne pas posséder que des voitures de sport. En effet, alors qu'il se dirigeait vers le Gloucestershire, le temps se dégrada, tout comme son humeur, et il était soulagé d'avoir pris un Range Rover plutôt que son Aston Martin.

Lorsqu'il approcha du village indiqué par Catriona, et dont il avait entré les coordonnées dans son GPS, le monde se mit à ressembler à une véritable carte de Noël.

Il emprunta des chemins sinueux recouverts de neige, tout comme les toits de chaume des maisons dont s'échappaient des volutes de fumée. Il y avait des bougies aux fenêtres, des guirlandes lumineuses sur les arbres, et lorsqu'il trouva l'endroit qu'il cherchait, Tiziano se sentait déjà totalement habité par l'esprit de Noël.

C'était une toute petite chaumière au bout d'un chemin isolé. Elle avait l'air douillette et accueillante, avec ses lumières aux fenêtres et sa porte ornée d'une couronne de houx. Tout à coup, il en voulut à Annie d'être partie sans aucune explication.

Au moins, ici, elle avait chaud, mais elle aurait eu bien plus chaud encore si elle était restée à sa place, près de lui, dans leur lit douillet !

La colère de Tiziano grandissait à chaque instant, à mesure qu'il approchait de la porte d'entrée, manifestement conçue pour des personnes beaucoup plus petites que lui. Il avait l'impression d'être dans un de conte de fées et d'avoir été choisi pour jouer le rôle de l'ogre qui venait semer le trouble dans ce décor cotonneux, dans toute cette blancheur immaculée.

Un sentiment qui ne fit que s'intensifier lorsque la porte s'entrouvrit sur Annie.

Elle fronça les sourcils en le découvrant, comme s'il était un parfait étranger.

— Qu'est-ce que tu fais ici ?

Comme si cela n'était pas évident !

— En ce moment, *dolcezza mia*, je meurs de froid ! répondit-il sèchement.

Mais elle ne bougea pas. Elle se contenta de lever les yeux vers lui, semblant aussi heureuse de le voir qu'il l'avait été en découvrant son absence. Ce qui ne l'apaisa pas, bien au contraire...

Mais malgré sa fureur, il ne put s'empêcher de la trouver superbe, là, sur le seuil de ce cottage isolé, loin du monde. Et si loin de lui...

Il ne l'avait pas souvent vue ainsi. Naturelle, sans maquillage ni tenue sophistiquée. Tiziano s'était souvent réveillé près d'elle, pourtant, mais il avait toujours des choses plus urgentes à faire que la regarder, tout simplement. Ensuite, il y avait les appels à prendre, les invitations à décliner, et lorsqu'il la revoyait le soir, il ne se montrait pas toujours très attentionné, car ils étaient tous deux en représentation. Ils s'étaient d'ailleurs révélés très doués pour se forger une image de couple moderne, engagé, et... amoureux.

Alors qu'il levait de nouveau les yeux vers elle, il sentit sa gorge se nouer. Ses beaux cheveux roux, véritable fouillis de boucles folles, étaient noués sur le sommet de sa tête en un chignon bohème. Ses grands yeux gris étaient légèrement rougis, et le fixaient sans ciller. Mais ce furent ses taches de rousseur, semblables à des poussières d'étoiles semées sur son joli nez, qui attirèrent son attention, tout comme ses lèvres pleines qu'elle se mit à mordiller nerveusement, comme la nuit où elle lui avait offert son innocence...

— Annie, finit-il par dire, d'un ton alarmé qu'il ne parvenait pas à contrôler, laisse-moi entrer, s'il te plaît.

Pendant un moment bien trop long, elle sembla y réfléchir.

Et pour la toute première fois de son existence, Tiziano

Accardi envisagea la possibilité qu'une femme puisse lui claquer la porte au nez.

Heureusement, au lieu de cela, Annie laissa échapper un long soupir. Puis elle recula et lui fit signe d'entrer, comme si elle daignait enfin tolérer sa présence.

La maison était tellement petite qu'on aurait dit qu'elle était faite pour des enfants. Il fut contraint de se baisser pour se faufiler à l'intérieur, où il suivit Annie dans un couloir tortueux jusqu'à ce qui ressemblait à un salon. Il comprit tout de suite que c'était probablement la seule pièce dans laquelle elle était entrée depuis son arrivée – qui ne remontait qu'à quelques heures. Certains meubles étaient encore recouverts de linges blancs. Une vieille radio diffusait des chants de Noël. Elle s'était fait une sorte de nid sur un canapé défraîchi où elle avait empilé des coussins. Dans la cheminée, un feu crépitait joyeusement, jetant une faible lumière dans la pièce.

Quand elle alla s'asseoir sur le canapé, il fut frappé par sa démarche, qu'il ne reconnaissait pas. Il ne l'avait jamais vue autrement qu'en robe ou tailleur chic. Comment la simple vue de cette femme à l'élégance décontractée, vêtue d'un pull en cachemire porté sur un vieux jean, pouvait faire ainsi chavirer son cœur ?

Le souffle court, il prit la parole :

— Dis-moi, Annie, pourquoi es-tu venue dans cette maison abandonnée au milieu de nulle part, pour t'asseoir toute seule près d'un feu, sans prendre la peine de laisser ne serait-ce qu'un mot à mon intention ?

Il avait parlé d'un ton sec, sans chercher à la ménager. Elle étudia longuement son visage, à tel point qu'il se sentit mal à l'aise, lui qui avait pourtant l'habitude qu'on scrute le moindre de ses mouvements.

Il avait du mal à rester immobile, et se montrait de plus en plus agité à mesure que le silence durait.

— C'est Noël, finit-elle par répondre, sans plus de précision.

— Oui, je le sais, mais…

Il ne put s'empêcher d'éprouver un sentiment de culpabilité en pensant à Catriona et à sa famille. Sans parler du personnel de Hampstead, à qui il avait ordonné brutalement de prendre quelques jours de congé, sans même leur souhaiter de joyeuses fêtes.

Déjà, Annie reprenait :

— C'est Noël, Tiziano, et j'ai parlé avec Victoria Cameron hier soir.

Le regard gris d'Annie était grave, mais cette fois il le trouva beaucoup moins sévère.

— Elle m'a confirmé qu'elle n'avait pas l'intention de t'épouser, reprit-elle. Ce qui signifie que notre arrangement est arrivé à son terme. Je ne voyais pas l'intérêt de le prolonger.

Il la regarda fixement, puis secoua la tête, comme si cela pourrait apaiser la tempête qui faisait rage en lui.

— Tu ne voyais pas l'intérêt ? répéta-t-il.

Bien qu'elle ait davantage l'air de la secrétaire à laquelle il s'était heurté dans l'escalier que de la femme sophistiquée qu'il avait pris l'habitude d'exhiber, sa façon de croiser les mains sur ses genoux et de lui sourire réveilla ses fantasmes de maîtresse parfaite, de femme-trophée. Son expression était sereine, mais son sourire à la fois innocent et lascif fit bouillir le sang dans ses veines.

Il crut même lire un soupçon de pitié dans son regard.

De nouveau, elle prit la parole :

— J'ai rempli toutes mes obligations contractuelles envers toi, se défendit-elle. Tu peux vérifier !

— Je n'ai pas l'habitude de me promener avec des contrats dans mes poches. C'est étrange, je sais, mais je fais confiance à mes partenaires.

Annie se détendit quelque peu, avant de lui asséner le coup de grâce

— Hier, c'était notre dernière apparition publique. Je pense que tu le pressentais, même si aucun de nous ne pouvait en être sûr à 100 %. Je pense aussi que tes objections n'ont rien à voir avec moi personnellement. Ou avec ce qui s'est passé entre nous. C'est simplement que tu as l'habitude de tout contrôler. De décider du début et de la fin d'une relation, quelle qu'elle soit.

Elle inclina la tête.

— Je te prie de m'excuser d'avoir agi ainsi, en prenant les devants. J'aurais dû te donner la possibilité d'en finir toi-même ce matin, comme nous savons tous les deux que tu n'aurais pas manqué de le faire.

Tiziano était sûr du contraire, mais il ne dit rien. En fait, il ne lui était même pas venu à l'esprit d'en finir avec elle ce jour-là. Et c'est à ce moment précis qu'il prit toute la mesure de cette décision, et des conséquences qu'elle aurait sur sa vie.

S'il ne s'était pas déjà tenu près d'un mur, il en aurait cherché un auquel s'appuyer, tandis qu'une tempête se déchaînait en lui.

Pendant ce temps, Annie l'observait avec attention, mais ne semblait nullement surprise, comme si elle s'était attendue à cette réaction. Ce n'était pas possible d'en rester là avec elle. Il n'avait aucune intention de mettre fin à leur contrat ! Et encore moins d'envisager l'échec de leur relation !

Car pour lui, c'était de cela qu'il s'agissait, malgré les apparences. La veille au soir, lorsqu'ils avaient quitté le bal sans la moindre allusion à ses fiançailles imminentes, Tiziano avait songé à mettre fin à cette comédie dans la voiture. S'il avait été l'homme qu'il était avant de la rencontrer, il l'aurait déposée à l'hôtel de son choix et aurait demandé à Catriona de passer le lendemain ou le surlendemain pour lui remettre ses affaires et l'aider à choisir sa prochaine destination. Il l'aurait oubliée au matin, et se serait vite envolé vers une quelconque île paradisiaque pour passer à autre chose.

Parce que cette comédie avait été un succès et avait eu les conséquences attendues. Or, Tiziano savait toujours exactement quand faire ses adieux.

Au lieu de cela, il avait raccompagné Annie chez elle. Ou plutôt chez lui, dans cette demeure qu'il n'aimait pas. Pour profiter quelques instants encore de sa compagnie, il l'avait même conduite jusqu'à sa chambre à coucher !

Mais pas un seul instant il n'avait pensé à rompre avec elle, à la congédier.

Et il n'en avait toujours aucune envie. C'était évident.

Et voilà qu'il était ici, dans cette maison ridiculement petite où il pouvait à peine tenir debout, et pourquoi ?

Parce qu'elle y était aussi, et qu'il ne pouvait pas envisager d'être loin d'elle, ne fût-ce que quelques heures.

Cette vérité lui fit l'effet d'un coup de poing à l'estomac. Malgré elle et contre toute attente, Annie Meeks n'avait pas simplement menacé sa langoureuse insouciance – sa marque de fabrique, pourrait-on dire, l'image de lui qu'il avait eu tant de mal à imposer au monde –, elle avait tout bouleversé dans sa vie.

Et Tiziano était tellement occupé à se dire qu'il jouait un rôle qu'il avait complètement oublié qu'il avait cessé de le jouer depuis longtemps.

Il n'avait pas fait exprès de tomber amoureux. Au début, il avait parfaitement joué son rôle, feignant d'avoir perdu la tête pour cette femme que son frère méprisait d'emblée pour s'être prêtée à cette mascarade et avoir accepté de se faire passer pour sa maîtresse. Sans parler du fait qu'elle n'était aux yeux d'Ago qu'une simple assistante, indigne de s'afficher au bras d'un Accardi !

Tiziano, lui, avait cessé depuis longtemps de jouer la comédie. Il ne faisait plus semblant, désormais.

Il avait montré à Annie des facettes de sa personnalité qu'il n'avait jamais dévoilées à quiconque, pas même à son propre miroir.

Et elle l'avait quitté quand même ! Une angoisse le saisit, qu'il prit pour de l'indignation.

— En fait, nous nous sommes tous deux révélés très bons comédiens, dit Annie, qui l'observait toujours avec une sorte de détachement. Et nous avons été pris à notre propre piège… Il est temps que nous nous retirions chacun chez nous, et que cette parenthèse s'achève comme nous l'avons toujours prévu. Pour être honnête, je suis prête. Même si la menace des fiançailles plane encore sur toi, c'est mieux ainsi.

Il laissa échapper un rire qui devait sonner comme celui d'un fou, car il vit Annie écarquiller les yeux.

— Mais je ne suis pas du tout d'accord, dit-il tranquillement, malgré l'angoisse qu'il sentait monter en lui. Tu as peut-être oublié que j'ai eu de nombreuses maîtresses, alors que toi…

Une émotion qu'elle n'avait pas laissé paraître jusqu'alors envahit son joli visage, et il vit ses joues s'empourprer sous l'effet de la colère, ce qui lui procura une vive satisfaction.

Accoudé contre le mur il attendit sa riposte.

— Je n'ai pas besoin que tu me rappelles ton passe-temps favori, Tiziano ! lança-t-elle, des étincelles dans les yeux. J'ai hâte de suivre tes prochaines aventures dans les pages des magazines people !

Il fut un temps – un mois plus tôt, environ – où Tiziano aurait affirmé à qui voulait bien l'entendre que la jalousie était un sentiment ridicule, réservé aux faibles et aux imbéciles.

Maintenant, il savait que c'était ce qu'elle ressentirait en le voyant s'afficher avec d'autres femmes, et il la comprenait !

Car pour sa part, la perspective de la voir au bras d'un autre homme, quel qu'il soit, le rendait littéralement fou – et lui donnait des envies de meurtre.

Pourtant, il était prêt à parier que la femme qu'il avait croisée dans la cage d'escalier, et qui ne s'était guère montrée impressionnée par lui, n'aurait rien trouvé à redire à ce qu'il exhibe ses conquêtes.

Convaincu que le rouge de ses joues n'était pas uniquement dû à la chaleur qui émanait de la cheminée, il sentit son espoir renaître.

— Je crois que tu es amoureuse de moi, Annie, avança-t-il, sûr de lui.

Sa voix était calme, et il choisit chaque mot avec une infime précision pour ajouter :

— Je pense que si tu t'es enfuie en pleine nuit, le jour de Noël, c'est parce que tu savais que tu avais enfreint les règles.

Il la vit prendre une profonde inspiration, comme pour encaisser le choc. Une lueur de tristesse passa dans son regard, et il détesta cela.

Ses mains sagement posées sur ses genoux devinrent des poings.

— Tu m'as rémunérée pour une prestation, Tiziano, et j'ai honoré mes engagements en te fournissant cette prestation, soir après soir, répondit-elle d'un ton glacial. Mais tu n'as aucun droit sur mes sentiments, et heureusement. Parce que tu te trompes.

Au lieu d'accepter ses paroles, ou d'essayer de les comprendre, il s'entêta.

— Je ne te crois pas, *dolcezza mia*, déclara-t-il.

Et tandis qu'il la regardait, sans trop savoir à quelle réaction s'attendre, il la vit pâlir, avant de fondre en larmes.

Elle se leva, et ils se retrouvèrent face à face dans cette minuscule pièce pleine de bibelots et de tableaux poussiéreux. Un endroit qui ressemblait beaucoup trop à celui où il avait passé son enfance pour qu'il puisse l'apprécier.

Mais alors qu'il se remémorait cette période douloureuse de sa vie, il comprit que tout avait changé. Lui-même avait changé, et pas seulement parce que le temps avait passé et qu'il avait vieilli. Non, il se connaissait à présent bien mieux qu'il ne se connaissait jadis.

— Tu as eu tout ce que tu voulais, lui lança Annie, les larmes coulant sur ses joues. Et c'est une réussite totale. Je n'ai enfreint aucune règle. De toute façon, personne ne travaille à Noël, et même si nous devons faire une autre apparition publique, ce ne sera pas aujourd'hui. Tu n'as rien à faire ici !

Tout à coup, il eut l'impression de la voir pour la première fois. Il avait été tellement occupé à faire semblant, à jouer la comédie avec elle qu'il n'avait même pas remarqué ce qui, pourtant, crevait les yeux.

— Essaye encore, suggéra-t-il.

Elle se tourna légèrement de côté, et il remarqua qu'elle portait d'épaisses chaussettes de Noël en laine, ornées de motifs verts et rouges.

Elle pinça les lèvres comme pour retenir de nouvelles larmes.

— Tiziano, dit-elle enfin, d'une voix plus grave, plus ferme, je sais qui tu es et je sais ce que tu veux. J'ai eu le temps de t'observer durant toutes ces semaines, dans ton propre environnement, dans ta vie de tous les jours. Tu aimes jouer la comédie...

Sa voix se brisa sur ces derniers mots, et il soupçonna qu'il en était de même pour son cœur, car elle baissa les yeux et garda le silence.

Un instant plus tard, pourtant, elle se ressaisit et ajouta :

— Il n'y a rien de mal à cela, mais la comédie ne peut pas durer, et tôt ou tard la réalité reprend ses droits.

Comme il s'apprêtait à répliquer, Annie secoua la tête pour lui intimer le silence.

— Pas pour toi. Je le comprends, car tu as intérêt à poursuivre cette mascarade le plus longtemps possible. Mais pour moi. Et je...

Le souffle lui manqua, et elle s'interrompit avant de reprendre, d'une voix plus rauque que d'ordinaire :

— Je ne peux pas continuer à faire semblant d'être

follement amoureuse de toi tous les soirs. Je ne peux pas continuer à jouer le rôle de ta maîtresse. C'est au-dessus de mes forces.

— Parce que ce n'est pas vrai ? demanda-t-il avec douceur, ou parce que ça l'est devenu, au contraire ?

Il s'attendait qu'elle lui jette quelque chose au visage. Il voulait déclencher une nouvelle tempête, mettre ses nerfs à l'épreuve. Mais au lieu de cela, elle sembla se recroqueviller devant lui, ce qui lui plaisait beaucoup moins.

Elle croisa les bras, comme pour se protéger d'une nouvelle attaque, mais comme d'habitude son regard gris ne quitta pas le sien.

— Tu as raison, dit-elle enfin, au prix d'un effort manifeste. Je t'aime.

Quelque chose en lui céda, en profondeur. Mais elle n'avait pas fini.

— Oui. Je t'aime *toi*, Tiziano. Et je sais qui tu es. S'il te plaît, fais-moi l'honneur de me rendre la pareille, et de me traiter avec respect. Tu m'avais dit que cette mascarade durerait deux semaines. Or, cela fait bientôt six semaines qu'elle dure. Je ne peux pas jouer ce rôle éternellement. Je ne suis pas faite pour cela. J'ai de plus en plus de mal à faire semblant.

— En effet, *dolcezza mia*, acquiesça-t-il. Tu es une très mauvaise comédienne.

Il sourit, comme elle tournait vers lui son visage renfrogné.

— Chez moi, en revanche, faire semblant est une seconde nature. Dans les soirées ennuyeuses où l'on demande à quelqu'un d'amuser la galerie, je me porte toujours volontaire pour capter la lumière... Lors de dîners mondains, j'ai toujours une petite blague à raconter pour détendre l'atmosphère. Mais quand il s'agit d'amour, *amore mio*, je me montre beaucoup moins convaincant...

Elle secoua la tête, perplexe.

— Alors nous sommes d'accord, dit-elle C'est terminé. Plus de représentations. Plus de simulacre. Plus de...

Il lui coupa la parole.

— Annie, *dolcezza mia, amore mio*, j'ai joué la comédie toute ma vie. Le plus souvent, pour oublier ma solitude...

Il n'avait jamais fait cet aveu à quiconque, mais c'était Annie, et il avait confiance en elle. Il pouvait tout lui dire.

— Partout où j'allais, je me mettais en scène, expliqua-t-il, car j'avais compris que le meilleur moyen de passer inaperçu est de se faire un peu trop remarquer...

— Tu n'es pas un imposteur, Tiziano ! lança-t-elle, féroce.

Il garda son regard rivé au sien.

— Non, en effet, mais tu es la seule à avoir voulu savoir ce que cachait cette façade, à jeter un œil en coulisses. Des années durant, j'ai trompé tout le monde, et tu es la seule à t'en être vraiment rendu compte. La seule.

— Tiziano...

— Avec toi, je n'ai jamais joué la comédie, lui dit-il, en posant la main là où sa poitrine lui faisait le plus mal. Je crois que je t'ai aimée dès le premier instant où je t'ai vue, agenouillée devant moi, dans l'escalier, imperturbable malgré ta mauvaise posture. Tu es complètement, totalement toi-même depuis le premier instant. Impossible d'être près de toi et de ne pas vouloir te prendre en exemple. Alors j'ai essayé d'être moi-même, du mieux que j'ai pu.

Les yeux brillants, elle lâcha :

— Tu ne penses pas ce que tu dis.

— Je n'ai jamais rien voulu dire d'autre.

Tout à coup il n'y tint plus, et fit un pas vers elle. Il la prit dans ses bras, et laissa échapper un soupir de soulagement quand elle posa une main sur sa poitrine.

Pour la première fois depuis qu'il s'était réveillé et avait cru l'avoir perdue, il respirait normalement.

Les mots jaillirent d'eux-mêmes, sans qu'il puisse rien faire pour en contrôler le débit.

— Je ne veux pas de maîtresse, Annie. Je te veux, toi. Je veux tout de toi. Je ne veux plus me cacher. Je ne veux pas de toutes ces fêtes et de tous ces gens inutiles alors que tu es là, tout près de moi. Tout le monde me regarde, Annie, et ce sera toujours ainsi. Mais toi seule me vois vraiment.

— Depuis le tout premier instant, murmura-t-elle, ses doigts s'agrippant à lui comme à une bouée de sauvetage, je n'ai jamais rien vu d'autre...

— Il faut prendre une décision, Annie, savoir si tu es faite pour cette vie-là, si tu en as envie. Parce que j'ai l'intention de te faire ma demande...

Il hocha la tête devant l'expression stupéfaite qui se lisait sur son visage.

— Oui, Annie. Je te veux non seulement dans mon lit, mais aussi dans ma vie ! Je veux tout de toi. Je veux t'épouser et vieillir avec toi. Toutes ces choses qui n'ont jamais eu de sens pour moi auparavant, je veux les construire avec toi. Je veux fonder une famille et élever nos enfants avec toi. Nous les aimerons tellement qu'ils n'auront jamais besoin de faire semblent d'être ce qu'ils ne sont pas...

— Oh ! Tiziano ! s'écria-t-elle, les larmes coulant sur ses joues. Je dois rêver !

Son cœur battait à nouveau la chamade, mais cette fois Tiziano ne ressentait plus aucune douleur.

— Alors je rêve avec toi !

— Je t'aime, lui dit-elle en renversant la tête en arrière pour qu'il puisse lire la vérité sur son beau visage.

— Moi aussi, *dolcezza mia*. Viens... Laisse-moi te le prouver.

Et c'est ce qu'il fit, avec passion.

# Épilogue

La neige ne cessait pas de tomber, mais Annie s'en moquait. Car dans la petite maison de poupée de sa grand-mère, il y avait un bon feu. Mieux encore, il y avait de l'amour. Et Tiziano, *son* amour...

C'était, de loin, le Noël le plus magique qu'elle ait jamais connu.

Lorsque le temps s'était dégagé, en milieu de journée, ils étaient sortis, mais uniquement pour faire des provisions au petit marché local afin de pouvoir rentrer et préparer un bon dîner. Mais Tiziano n'avait pas pu s'empêcher d'acheter aussi un petit sapin qu'ils avaient décoré ensemble et placé près de la cheminée. Sa grand-mère aurait été ravie de voir sa maison aussi apprêtée, songea Annie.

Ensuite, Tiziano et elle s'étaient assis par terre près du feu et avaient mangé des haricots sur des toasts, ce que Tiziano avait trouvé délicieux, même si Annie lui avait affirmé qu'il s'agissait d'une « spécialité » britannique très décriée.

Deux ans plus tard, ils se marièrent en bonne et due forme. Tiziano insista pour que l'événement soit organisé dans les règles de l'art, avec une cérémonie religieuse et une réception grandiose, car la maîtresse la plus célèbre du pays méritait bien de faire la une des journaux qui avaient passé tant de temps à spéculer sur son compte.

— Personne ne se soucie du fait que j'ai été ta maîtresse, lui dit-elle, alors qu'ils se préparaient pour la cérémonie.

— Et personne ne se souciera non plus que tu sois devenue ma femme, une fois les noces terminées. La prochaine fois qu'on reparlera de nous, ce sera pour annoncer la naissance de notre premier enfant !

Il l'attira à lui, dans la cuisine lumineuse et gaie de la propriété qu'ils habitaient ces jours-là. C'était une demeure qu'ils avaient trouvée et dans laquelle ils avaient emménagé ensemble. Ils en avaient fait leur foyer. Contrairement à ses autres propriétés de Londres, désormais louées, celle-ci était chaleureuse, pleine de rires et de lumière. Annie avait fait du grenier son studio et s'y adonnait à sa première passion : la peinture.

Elle avait même récemment osé exposer ses œuvres pour la première fois, et tous les spécialistes s'étaient accordés pour dire que c'était un bon début.

Tiziano, entre-temps, avait cessé de prétendre qu'il ne savait pas comment se rendre au siège d'Accardi Industries.

Ensemble, ils avaient appris non seulement à s'aimer, mais aussi à réaliser leurs rêves. Sans se cacher.

Là, blottie au creux de ses bras, dans la maison qu'ils avaient aménagée ensemble, Annie sourit à son mari, l'amour de sa vie. Elle aurait pu lui dire qu'ils allaient bientôt accueillir un nouvel habitant plus tôt que prévu, mais elle se retint. Parce qu'elle voulait profiter pleinement de sa réaction, en toute intimité.

Roxy, de retour d'Australie, avait été ravie de retrouver sa sœur, et avait accepté sans hésiter de l'accompagner à l'autel.

— Je devrais voler ta carte de crédit plus souvent ! dit-elle alors qu'ils se dirigeaient vers l'autel, où Tiziano, beau comme un dieu, attendait qu'Annie le rejoigne pour prononcer ses vœux.

Annie jeta un coup d'œil à sa sœur.

— Ne t'avise pas de recommencer !

La fête se poursuivit jusque tard dans la nuit. Une fois tous les invités partis, ils se réfugièrent tous deux dans leur chambre, sous les combles. Là, au creux de ses bras, elle lui annonça enfin la nouvelle qui la comblait de joie : ils allaient devenir parents pour la première fois...

Vous avez aimé ce roman ?
Découvrez l'histoire du deuxième frère Accardi
dès le mois prochain dans votre collection Azur !